纸边闲话

 朱桦 著

东南大学出版社
SOUTHEAST UNIVERSITY PRESS

·南京·

图书在版编目（CIP）数据

纸边闲话 / 朱辉著. -- 南京：东南大学出版社，2024.6
（六朝松文库）
ISBN 978-7-5766-1237-0

Ⅰ.①纸… Ⅱ.①朱… Ⅲ.①随笔—作品集—中国—当代 Ⅳ.①I267.1

中国国家版本馆 CIP 数据核字(2024) 第 080892 号

责任编辑：弓 佩　　责任校对：张万莹　　特约编辑：秦国娟
封面设计：鸿儒文轩·末末美书　　责任印制：周荣虎

纸边闲话
ZHIBIAN XIANHUA

著　　者：朱　辉
出版发行：东南大学出版社
出 版 人：白云飞
社　　址：南京市四牌楼 2 号　邮编：210096　电话：025-83793330
网　　址：http://www.seupress.com
经　　销：全国各地新华书店
印　　刷：三河市华东印刷有限公司
开　　本：880 mm×1230 mm　1/32
印　　张：7.75
字　　数：167 千
版 印 次：2024 年 6 月第 1 版第 1 次印刷
书　　号：ISBN 978-7-5766-1237-0
定　　价：68.00 元

本社图书若有印装质量问题，请直接与营销部联系，电话：025-83791830。

目 录

纸边走笔

观跳水	002
马术、斗牛及其他	005
狮子与老虎	008
我们去哪里钓鱼	011
我想与酒搞好关系	014
时尚和中山装	019
"新古迹"被打得满头包	022
疼的初恋	025
中国人的"甩"劲	028
迷路在童年	031

语文和我	035
掘墓者说	038
一人高的风景	042
越洋电话	044
日本人为什么喜欢相扑	049
日暮里的银杏树	055
日本的乌鸦	058
海底故事	061
进入靖国神社	064
日本的鼓与笛	068
太平洋边垂钓人	071
干吧——累	074
日本的孩子们	077
去市役所办事	080
百合头	083
归化与永住	086
上　学	089
月缺月圆	092
儿子说话	095

做父亲的乐趣	098
美丽江苏好水色	101
所有人的故乡	107
久远的匆匆	111
五行作金砖	114
龙游的性格	118
大运河的明珠	123

文学闲话

小说与道德	128
纯粹的小说	131
陌生化是小说的追求	134
情为何物	137
我与侦探小说	140
《视线有多长》自序	144
"众声喧哗"中,我们如何面对民族记忆	147
自序:从抓痒到点穴	150
文学的乡愁应该有开放的胸襟	155
关于写作的乱想	159

小说的腰眼　163

清蒸还是红烧?　165

小说物理　168

花与种子　171

告别或重逢　174

中国当代文学的发展
　——以短篇小说为例　178

改出螺旋　183

小说的表情　186

小说的空间和悬念
　——读纳博科夫和斯维拉克　189

小说家的辞典　198

我的被窃经历　202

南方的文学与文学的南方　206

我的处女作　211

《朱辉文集》自序　217

大有大的难处　219

我们有信心把 ChatGPT 抛在身后
　——在江苏扬子江作家周主题论坛的发言　221

一日长于百年
　　——《万川归》创作谈　　　　　226
我与《雨花》　　　　　　　　　　231

后　记　　　　　　　　　　　　　235

纸边走笔

观跳水

八月盛夏，酷热难当，只能猫在家里看世界游泳锦标赛，看看跳水。

跳水大概是所有体育运动中特别有趣的一个项目。我懒得去考证跳水比赛究竟设立于何时，反正我认为它起源于水乡顽童从高岸或桥上一跃入水，炫耀身手的原生态游戏。他们水性高强，童心正盛，玩得不亦乐乎。某一日，他们中的聪明人从杂技或体操中得到灵感和刺激，又或是个稍大的孩子原本就身怀武艺，他站在高处，脑筋一热，跳下后竟翻个跟斗在空中玩出了花样。虽然因为初学乍练，他略显笨拙，但这一下他技压群雄，引来了喝彩如雷，肚子被水扑痛了自然忍住不说。此时正有一艘船从桥下经过，那水手可算是现代赛艇运动的先驱，他水性娴熟，但因自家常年动作单一，正感烦闷，有缘目睹这惊心赏目的一跳，不由得大加赞叹，惊为天人。船顺水而下，水手沿途宣扬，难免有好胜者模仿挑战，于是"花式跳水"渐成时尚，谁再直通通地跳成一根棍子，那就成了不入流，跟失足落水一样好笑丢脸了。

以上是笑谈，体育史绝不会这样写。我也不会说，那水手兼赛艇运动先驱，直接把船划到奥运会组委会，要求新增一个跳水项目。这不是事实。但跳水运动特别具有游戏精神，当无疑议。或许所有的体育运动都是一种游戏，也都发源于原始生产生活，但跳水却迥然不群，大异其趣。跑得快，跳得高，掷得远，这些都是"有用"的；搏击是为了生存，球类隐含着攻防，体操之类也可以与原始人类在树间岩石的生存挂上钩。但落水却本是人类的一个天然畏惧，这从诺亚方舟之类的神话中就可以看出来，即使是会水的人，落水也不会是一件乐事。但时至现代，人类变被动为主动，跳水运动诞生了。从原始生存中的意外落水到主动跳水，进而跳出花样，这仿佛是一种吃饱了撑的游戏精神。

我也懒得去深究跳水比赛中那些数字和英文所规定的动作，反正我儿子十分精通，动作代码一报出，他立即就可以描绘出即将要跳的动作。向前、向后、手倒立、转体、屈体、翻腾，各种动作几乎已穷尽人类在水面上的所有可能。它比的是惊险和优美，展露的是跳水者的勇敢和优雅，而最后的"压水花"则炫耀了他和水之间柔顺至极的友善关系。

中国人在跳水项目上展现了惊人的天赋。但凡有中国人参加，金牌大包大揽，连银牌都算是失败。为了这项运动的持续，中国人已开始输出教练，实施"养狼计划"，让出几块奖牌。即便如此，依然有人担心人家以后会不陪我们玩。这种担心看似有道理，其实多余。不能说人家不想拿奖牌，但人家更看重的，恐怕是享受，是自我超越。或许，更有人隐隐觉察到跳水这项运动深藏着的特殊禅意。他们迷恋这项运动，却没有说破原因。

跳水的过程可算是人生的缩影。

站上跳台或跳板，然后，跃起；短暂的上升后，自由落体，伴之以一连串精彩动作；最后，入水，动作结束。这是跳水的程式，也是人生的象征。你一出生就开始走向死亡，正如你从高处跃起后最后的结局必然是落水；没有例外，正如绝不会真的有人万寿无疆。

跳高的横杆前有两个结果，跳过，或者不过，虽然它最后也是以跳不过为终止，但跳水却每次的结局都一样。这有点令人沮丧。况且，自由落体，意味着你无论玩出多少花样，从跳台到入水的时间都早已注定，无可回避，也无可抗拒。这就如同一个人的生命。

但是我们又何必灰心呢？向死而生本就是人生的真相和铁律。我们只能活这么长，锻炼身体，养生保健，也只类似于站在跳台上使劲向上跃起，略有小补而已。跳水者玩的是过程，不管是一米板、三米板或是十米台、二十米台，他们享受的是入水前的时空。自由落体是无奈的，但自由落体也真的可以发挥自由。那些穷尽想象、挑战极限的动作，在天定的落水轨迹中挥洒。落水是必然结局，落水前的时间长度也早已决定，但跳水者各自潇洒。

当跳水者站在跳台上，我们期待的是他将跳出怎样的精彩。我们也该问自己：我们应该怎么生活？

2015.8

马术、斗牛及其他

根据我粗浅的认知,马术是一项正式的体育运动项目,已经进入了奥运会;而斗牛不是,它属于一种民俗,一种娱乐。它们的共同点是:人与动物一起参加。

先说马术。人骑在马上,竞速,比谁跑得快,这是赛马;马术还有障碍赛,人驾驭马匹腾越一个个障碍,碰掉障碍就要扣分;当然还有另一种比法,选手头戴黑色阔檐礼帽,身着燕尾服,脚蹬高筒马靴,骏马伴随优美的音乐,进退有致,若还若往,人和马气定神闲、风度翩翩,这就是所谓的盛装舞步了。无论比速度还是比跨越还是比舞步,比的都是能力,展现的是马的能力和人对马的役使技能。

人对马的役使久矣。我们新年祈福说的"六畜兴旺",马和牛都稳居其中。马对工农业生产、商业乃至战争的作用,无人不知。设若人类历史中没有了马,我们的文明绝不是现在这个样子。我要说马是上天赐予人类的恩物,大概反对的人不多。我们役使马，也一直善待它。时至今日，现代动力出现了，马已不再是不可或缺的劳力，但我们通过马术来展现人与马的和谐，炫示人马合力所能达到的极致，这也是一种缅怀，一种感念。众所周知，赛马的生活待遇非常高，这体现了人类的善意。

可是人类的善意有时也经不起追问。马自古以来就是被人骑的，但马是不是愿意被人骑，是不是愿意拼尽全力做那些复杂激烈的动作，我们并不能代它们回答；如果你知道赛马在重伤后马上会被安乐死，更可以猜度马即使重病重伤，它也不愿意死。说到底，我们只是按照我们现在的文明标准善待它而已。但不管怎么说，善意和文明标准，哪怕是有限的，也确凿存在，这可以称之为底线。在这样的底线前，如果不过分钻牛角尖，我们就会喜欢各类马术。但同样是人与动物共同参与的斗牛，很多人就很抵触。我们不一定有机会亲临现场，但那种场面，裹挟着血腥，通过电视也会扑面而来。

牛通常被列为五畜或六畜之首，它属于传统农耕家庭的"大件"。牛沉默寡言，吃苦耐劳，虽长了一对令人生畏的犄角，但并不主动刺向人类。想到西方人基本以牛肉作为主要肉食，我简直不能理解斗牛这个事。护具完备的斗牛士，先用红布撩拨起牛性，然后用锐利的镖不断地刺伤牛身，放它的血；等牛精疲力竭了，再蹦蹿跳跃着，伺机向牛肩胛骨间突刺一剑；待牛挣扎着轰然倒下在地上抽搐，牛皮哄哄的斗牛士竟还举剑躬身作个西式四方礼，夸耀他的所谓一剑毙命——我呸！他怎么好意思！这是典型的以恶凌善，恩将仇报。虽然居于众生之巅的人类几乎也同时居于食物链的顶端，什么都吃，但如何对待万物，这是一个严重的问题。即使马可以被役使,牛也可以被吃,但公然的屠杀,却理应使人类感到羞耻。动物保护组织能够阻止斗牛进入奥运会,却不能清除这个事,无疑让我们看到了在所谓"保护独特文化"旗号下人类显现出的傲慢和冷血。

说到这里,不由想起老家过去的某种习俗。我们那里养狗的人家不少,食物匮乏的日子,狗老了,死了,也就吃了。但狗主人却不忍心自吃,他会送给邻居吃,这个邻居家也养着狗。等邻居的狗也老死了,邻居会把他的狗送来作为回报。这几乎成了一种规则。君子远庖厨,庶几近之。你可以说这是一种伪善,但我认为这是在饥饿勒逼之下的一种悲悯人性。

事实上我不得不承认,人类还有许多令人难以接受的类似行为,训练海豚排除水雷就是一例。信鸽可以送信,马能奔跑负重,牛甚至可以被吃,可海豚就该替人去死?它的命就不是命——这是什么逻辑?!虽说如何使用和对待动物,这里面的分寸不太好拿捏,但人类聪明得实在有点过分了。

还是说斗牛吧。我的意思是,既然为了娱乐,也有斗鸡、斗蛐蛐,那人和牛斗也罢了,可以的。我甚至说,你要斗牛也行,但我们应该换一种斗法——牛赤身裸体,身无长物,那你也丢掉护具;牛只用它的角,你赤手空拳去试试。如果你坚持要持剑,那好,出于公平,请你在牛角上也绑上两把尖刀——你牛叉,你威猛,你是骑士,那你就该接受骑士的公平原则。

2015.11

狮子与老虎

作为居于食肉动物食物链最高点的双雄，狮子和老虎几乎就是威猛的化身。同属猫科动物的这两种猛兽，获得了造化所赋予的最为锐利的武器：强大的下颌，锋利的牙齿，以及可以洞穿骨肉的爪子。在火器时代以前的漫长岁月，狮子和老虎一直是人类最为恐惧的动物，它们远胜于鳄鱼和蛇的活动范围，无情地笼罩了人类战栗的心灵。在它们的爪牙下喷出的人类的鲜血飞溅到人类的文学史上，有如点点梅花。不必再提"武松打虎"反映出的自我夸耀和自比"东方睡狮"所流露出的自我安慰，只要看看"虎毒不食子"和"河东狮吼"两个成语，我们就会明白人类的胆怯：前一个一般用来反衬妇人的歹毒，后一句比喻的是老婆的刁蛮和不讲理——能和出现婚姻制度以后的男性人类心中的另一个恐惧相提并论，对狮虎的惧怕也可想而知了。

"如虎添翼"与其说是一个梦想，不如说是一个担心。设若老虎真的长出了翅膀，人类早已无处藏身。万一连狮子也飞了起来，人类现在怕是只剩下化石了——大概还是碎的。连一个捧着化石哭的人都没有。一个都不剩。

虽说狮子和老虎都曾是人类的致命杀手，但恐惧中的人类从来也没有把它们混为一谈。它们的长相和习性都是大不相同的。形容某人刚猛，我们说"虎眼""狮鼻"，还会说"怒狮似的头发"，说"虎虎有神的双眼"，换一种说法就好像不太像样。老虎的皮毛是世界上最为华丽的服饰，狮子就很简陋。雄狮把有限的毛发都集中在前面，顾了头就顾不上屁股。能够逃脱狮口绕到后面去笑话它"光屁股"的动物大概不多——雄狮只要大吼一声，别的动物恐怕立马就瘫了。这一点，老虎又差一点。

在我有限的动物学知识里，亚洲虎（包括华南虎、西伯利亚虎等）和非洲狮是两个典型的物种。老虎是中国古已有之的东西，而狮子则属于番国蛮邦进贡的"异兽"。很久以前，我就试图弄清狮子和老虎到底谁更厉害，它们究竟谁怕谁。有人说狮子是"森林之王"，而老虎是"山大王"，这并不能使我满意。森林中就没有山吗？大山深处就不长树吗？——山不转水转，水不转风还转呢，狮子和老虎总是会碰到一起的吧？

"坐山观虎斗"是人类的一种状态。反映出人类自愧不如，促狭而阴暗的心理。这有时是一种政治，我们且不去管它。多年以来，我倒更希望目睹"狮虎相争"的场面和结果。两虎相斗无非是强壮的老虎打败弱小的老虎，但如果来了一个更强悍的，那个胜利者也会臣服：这太像人与人之间的斗争了，没多大意思。"狮虎相争"就不一样，它们是物种的较量，是两种神话的撞击。"大地之神"只有一个，只有真正的胜利者，才能成为艰难困苦和血雨腥风后的精神象征。

但我们早已看不到自由状态下的狮子和老虎了，所有的野性都已被驯化。动物园里的狮子和老虎隔栏而居，它们来到了同一个地方，隔着铁栏彼此相望。它们先是阴森森地对视着，保持着各自的戒备和威仪，一旦栏杆被撤除，它们会立即投入决斗。但慢慢地，它们彼此适应了，它们吃着同一家的饭，住着同一家的房子；也许它们还终于了解，原来大家都是猫科动物，"五百年前是一家"，以前干的也是同样的营生……相同点太多了，何必呢？于是有一天，在驯养员的诱导下，狮子和老虎走到了一起——搞不清究竟是谁到谁家里做客，总之，它们有一天混到了一起。

于是我惊诧地看到了一则报道：我们的星球上诞生了一个新的物种，狮子和老虎的杂交，"狮虎兽"。这是一个全新的名词，充满了姑妄言之的、暧昧的甚至色情的意味。这是一个奇怪的化身，它体现了科学的能力和哲学的终结。无数的人从四面八方汇集而去，去瞻仰"狮虎兽"的尊容。但是我觉得，其实不必那么费事的，看看书，再看看我们周围，那就够了。

2000.1

我们去哪里钓鱼

钓鱼是一项雅事。相较于麻将、掼蛋之类,它基本不谈胜负,至少淡于输赢;和其他体育运动相比,它轻松悠闲,向山亲水。对绝大多数整日为稻粱谋的人来说,这是偷得浮生半日闲,是案牍劳形后难得的放松。

很多人钓过鱼,不少人还乐于此道。我生在水乡,差不多可称作此中老手。大概十几年前,我每年握鱼竿的次数还不少。那时候出城不难,或呼朋唤友,或携妻将子,寄情于山水,沐浴在春光秋色中,确是一乐。

但我现在早已不再钓鱼了。撇开交通不便、身懒足倦这些不说,现在钓鱼,已经与从前大不相类。多了一点什么,又少了一点什么。

现在钓鱼,绝大多数只能到鱼塘或者水库,这都是有主的。钓鱼的不买票,就是请的人买票;即使开钓前不买票,钓过后也一定有人喊你称鱼付钱。这里面有人情,有交易,鱼塘也成了职场和社会，难免败兴。

当然你也可以不管那么多，只管做窝，下钩，竿子端起来再说。咬钩是很快的，鱼上得也不慢，简直很频繁。最夸张的一次，我是连抽根烟的机会都没有，鱼贯而至，络绎不绝。但很快你就会觉得有点乏味，因为钓上的鱼全都一个品种，一般大小。那浮子的节奏雷同，力度相若，拎起来手感类似，你会叹一声，看着鱼说：怎么又是你？

其实鱼塘主人早告诉你了：这是鲫鱼塘，那是鳊鱼塘，那边养的是草鱼。他提前揭晓，弄得你手忙脚乱地始终在为他证实，证明他所言不虚。因此你若想保持一点悬念，最好一上来就阻止他来"剧透"。可惜你这种先见之明也立即会被破掉，因为，第一条鱼很快就上来了，这是第一个桥段，你知道了里面都是什么鱼，下面的，都是重复。这是我们社会景观的延续，庸常生活的写照：这就是现在所谓的钓鱼了。

不由想起儿时的垂钓了。钓具是简陋的，细竹竿，尼龙线，鱼钩是缝衣针弯的，但是天地广阔，河湾港汊，野塘大河，都是垂钓的好去处。潾潾河水下，是龙王爷麾下所有的水族。不要做窝，你只管伸出竿子，少安毋躁，自有鱼儿来上钩。大的几斤，十多斤；小不赢寸，比鱼钩大不了多少。有的黑质白章，有的五彩斑斓，怪头怪脑，难以名状的也不在少数。鳊白鲤鲫，鳗鳖鳅蟹，只要长着嘴的，要吃，它都可能上钩。你永远不知道下一条是什么，你永远也不知道你脆弱的鱼线鱼竿还能钓多久。常常在你被小鱼骚扰得不胜其烦的时候，你的手一紧，你下意识地猛一使劲，鱼线断了，你眼睁睁地看着浮子悠悠然，嘲弄似的向远处漂去——我儿时的垂钓，无数次以此为结局。

这样的钓鱼是幸福的。这是人与自然的对话，一个人，在乡野间，在初照的晨曦或苍茫暮霭中与未知对话。钓鱼本该是这样的，生活也本该有一些惊喜和意外。日复一日的庸常生活不必再拉伸到鱼塘那边去，于是，我现在不再去钓鱼了。

2015.5

我想与酒搞好关系

酒和茶都是饮品,无非是水里面添加了其他的东西。它们都有性格,总的来说,茶温柔敦厚,而酒则有点刚烈,尤其是白酒,无色透明,伪装成水的模样,简直有点阴险。你如果不知轻重,端起来喝一口,辣!火热!在进嘴的那一瞬间,这貌似水的火油被点燃了,你闭上嘴也闷不死它,如一条火蛇沿着喉咙窜进胃里。这简直是偷袭,不讲武德。

是不是所有人初饮白酒都是这个感觉,我没有调查过,但以上描述是我的真实感受。后来我当然知道了白酒的厉害,即使被逼无奈喝一口,虽不再诬赖白酒偷袭,但火线入喉的感觉却始终如一。对一个不善饮酒的人来说,我不得不苦笑:初恋、初吻的感觉一去不回了,但喝酒却永远如同初饮。

酒肯定是好东西。那么多的爱酒之人,他们正派、聪明,也很可爱,他们第一次被酒灼烧过以后,就被激活了,他们发现了自己,甚至他们的人生就此被升温也未可知。他们喝得快活,喝得尽兴，豪情万丈却也把握着分寸——当然有时也失了分寸，他们喝出很多故事，鲜少喝出事故，这多么令人艳羡。

我不善饮，也不喜饮，根本原因还在于不能饮。第一次被白酒偷袭后，我的胃无可奈何地承受了那一口酒，然后它们分头行动，沿着大小血管四处奔袭，最后在心脏汇聚，直顶大脑。心狂跳，头晕目眩，浑身发红。我苦熬片刻后，它们居然从原路返回了。有句狠话叫"怎么吞进去，叫你还怎么吐出来"！实际上，更狠的是，你吐出来的远不止那几毫升，连你吃下去的所有东西都一起带出来。

说酒是好东西，除了朋友们喝得快活，喝得健康，还因为酒是一种人际关系黏合剂。所谓人际关系，其实就是磨合，而酒就相当于最恰当的润滑油。都说酒席上的话当不得真，类似于一种气体，但其实也不尽然。当一个平日里很少说知心话的人喝多了，突然让你附耳过去，或者他索性坐过来，跟你说一些真心话时，你岂能不受宠若惊，侧耳倾听？

酒席上故事多。因为喝酒要约，所以自然有个不算预谋的简单构思，哪怕是纯粹地喝酒，并无其他目的，约也要约能喝一点的不是？人聚齐了，围绕着酒的表现就开始了。有爽快的，有推让的，有循循善诱的，有后发制人留一手的，如果要描绘酒席，很多成语都派上了用场，三十六计至少有十计在酒席间出没。爱酒的人真的很快活，呆若木鸡的和滔滔不绝的实际上都快活；连那个喝过了量，玉山倾倒的都很开心。虽然大家都记得他是第一个不胜酒力的人，但他日后常常能指出，某某某比他更早趴到桌子底下去了。

我说以上这些，注定要被爱酒的朋友鄙视。实际上我也不在乎，因为单纯喝酒他们早就不带我了。他们也有过令人信服的解释：我们都熏熏然，就你清醒，这讨厌；我们很快乐，你干坐着陪几个小时，我们过意不去。如此鞭辟入里，我完全接受。朋友也曾教导过我，现身说法，说开始时哪个都不能喝的，他也不行，但慢慢地练，拼上吐几回，就行了。他双手还在胃部一比画，说：楦，酒量要楦。他当时喝得恰到好处，文思敏捷，用词很精准——楦，就是扩大的意思。可我只能唯唯，苦笑。因为"楦"，我也是楦过的。

如上所述，第一次被白酒呛着以后，我就不再沾白酒。我以为我不能适应的只是那个辣，殊不知我怕的其实是酒精。于是大学毕业的那天，全体同学去玄武湖游园庆贺，我就只喝了汽酒——一种类似于汽水的东西。刚喝了一瓶，我就倒了。大家觉得我是装的，继续坐在草坪上喝酒吹牛。我独自躺在湖边的长椅上，肚子里翻江倒海，浑身火辣。同学们围过来，一个刁钻的同学还说这不可能，这不就是汽水吗？至于吗？我勉力扭头，对他说：你也吐一个试试？大家这才承认，不是我演技好，是真的不行。聚会结束时，同学公推，一个女生留下来陪我。湖光山色，杨柳依依，我昏昏沉沉。这个女生后来成了我的恋人。我的经历证明，喝酒不但会增进感情，甚至会带来爱情，实在是好处多多。

酒是最诚实的，准确地说，是酒量一点作不得假。你可以吹牛，说自己身体素质好，年轻时曾拿过田径比赛的名次，英姿飒爽，属人中龙凤，人家看看你的大肚腩，实在是不信，但也无法戳穿；你也可以说自己即将发表的文章好，暗示是惊世之作，人家恪于"文无第一"的古训，也出于对"文章是自己的好"的理解，基本上都会摸出钦佩和敬仰摆在脸上。但酒量可不能吹，你吹，那好，你来，先"拎壶冲"一个试试？所以吹酒量的，都是事后，在离酒比较遥远的场合。

据说科学家已经证明了酒是致癌物，但我不怎么相信。什么东西都讲究一个量，过量了，米饭还诱发糖尿病哩。以我目光所见，能喝酒的都身体好，说明他的解酒能力强；酒量大的，一般都壮实、长寿。童年时，我家乡的小镇上，有一个老者名叫赵开仓，职业是在剧院卖炒货，他托着匾子，人还没看到，酒气先过来了，酒气就是他的吆喝。演出结束了，卖剩下的炒货，其中的花生米，又是他临睡前的下酒物。据说他一天两顿酒，天天如此；还说他倘若不喝酒，夜里就会尿床。那时候我还偶尔尿床，突然听说一个老头也有这种习惯，简直又惊又喜，差一点就当面向他求证。踌躇再三，终于没有敢，但在街上遇到他时，感到格外亲切。他寿命挺长，因为我成年后，回老家时还能看到他。他依然红着脸卖炒货，剧场已经拆掉，他的摊子摆在街边。

不能喝酒，是人生一憾。酒色财气，酒池肉林，酒肉征逐，等等，都与我无关。有什么办法呢？心有向往，但条件不允许。想想酒和我的关系，除了玄武湖醉酒那一回，全是伤害。统共喝过三次，倒有两次去医院吊水。一个长者曾大声宣布：朱辉也是有短板的！我点头如鸡啄米，承认短板很多，尤其是喝酒，我认了。

我家里的长辈，祖父、父亲、叔叔，全能喝，只有我例外。

记忆中，我和弟弟是同时接触酒的——如果米酒也算酒的话。那时家里每年会做米酒，糯米蒸熟，加上酒药，捂好，等上十天半月米酒就成了。我们都在盼，等着吃酒酿。做米酒都会加糖，很甜，哪个小孩不爱吃甜呢？于是我们吃完了自己的那一份，又去偷吃。弟弟脸上红扑扑的，像两只苹果，他高兴得跳啊蹦啊，不知道他为什么那么高兴。当时，正值年前，我们都攒了不少摔炮，往地上一摔就爆炸的那种。弟弟比较有计划，他把摔了没响的摔炮里的火药拆下来，装在一个百雀羚的铁盒里，留着我摔完了他再玩。于是，他跳着蹦着，突然口袋里"砰"一声巨响，一团烟雾，弟弟呆呆地站在那里。他口袋炸破了，还好，人没事。

　　我们都吓坏了。弟弟这是过量了。此事说明，那时候，他的酒量大概与我持平，说不定我还比他略强些。时至今日，他虽然不喜欢喝酒，但能喝，据说有一斤白酒的量，我显然不能比。说起这个，我有点沮丧。母亲笑眯眯地说，她其实也能喝点。

2021.1

时尚和中山装

　　人类具有赶时髦的天性，古今中外，概莫能外。在我们这个价值取向和审美趣味呈现多元化的时代，时尚的力量也许已不能席卷一切，但仍十分强大。时尚如同一股潮水，在我们的日常生活中，处处可见它奔腾而来，呼啸而去的痕迹。时髦的人骑着时尚的潮头生活，迟钝守旧的人跟在后面，时不时也要捡拾一些浪潮退却后的贝壳。服饰，饮食，器物，阅读口味，生活方式，甚至我们的举止言谈，无不留下了时尚的影子。

　　时尚是一种趋势，它意味着公众的认同和自我的心理满足。有时它也是一种标记，它能提示个体的人，究竟处于哪个时代，哪个地域。从这个意义上看，时尚又是人类生存的时空坐标。考古专家们在发掘古墓时，常常从出土的服饰和随葬的器物上推断墓主的生卒年限，就是这个道理。虽然现在还有不少人希望死后入土为安，但我们很难设想，一个二十世纪的人死了之后，会身着长袍马褂躺在棺材里。据此看来，时尚的影响又几乎是绝对的。

在时尚的形成和推进过程中存在着一只看不见的手,那是人类审美观的演进和科学的发展,这是历史的力量,时间的力量,任何人都无法抗拒。但就某一个具体的时段来看,时尚的形成又确实存在着人为的因素。就服饰而言,每一年的流行色发布会,就是一种时尚的策动。可惜的是,这样的策动没有我们中国人的份。我们只能"转手倒卖",而无力"原创",这真是一件无可奈何的事情。

我们每天都要吃饭,但很多孩子包括大人喜欢到"肯德基"去;说是有了"红高粱",可是我们找不到。我们每天都要喝茶,但茶馆里最为热销的是"立顿"之类的外国茶,比一比店主羞答答地拿出来的茶叶末子,我们似乎也不得不承认还是人家的东西方便。我们每天都要穿衣服出门(每天至少一套,两件),可是想一想,我们曾经穿过的中山装,现在都到哪儿去了?——说不定在老鼠窝里还能找到它们的一些碎片吧。还有无数的洋节日:情人节、母亲节、圣诞节、愚人节等等,难以计数,插花似的盛开在我们的日子里,只有春节、中秋、端午等有数的几个传统节日还保留在寂寞的农历里,等待着我们的光顾……现在的很多中国人,早已成了洋时尚的追随者。

撇开政治不说,时尚的背后,至少蕴藏着巨大的经济资源。你不愿喝茶,以喝咖啡为乐,咖啡当然数瑞士和巴西的地道;大家不穿中山装,都穿西装打领带,西装当然是外国的正宗……时尚的潮流裹挟着多少财富,哗哗地流到别人的地盘上去了!

我们当然知道,对时尚的引导需要实力作为后盾。科技的领先,国力的强盛,是文化渗透的必要基础。话语霸权或文化霸权只能建立在经济的强盛之上，这是世界公理。我们并不希望建立霸权，霸权是反动的词汇，我们也确实还很落后，但这并不能成为我们长时间亦步亦趋的理由。还说西装吧，我们什么时候才能赶上外国的制作水平呢？即使赶上了，"正宗"的依然是别人的产品。据说我们的官员们出国前都要提前定做一套西服，不想出了国那些洋人们还是一眼就看出那是"土制"的。但是中山装呢，那情况就完全相反了。我这么说并非妄想有朝一日全体男人全都扒下西服穿上我们的中山装；满世界都走着"中山装"同样是一件可怕的事情。在这里我只是举其一类。我们的官员们出国穿西服也许是出于礼节，所谓入乡随俗，但是，有没有那么一天，外国的官员也能穿着一身中山装来中国访问呢？

这也许近于笑谈了。其实时尚里迹近笑谈的事例原本就不少。我只是希望在笑谈时尚、追逐时尚的同时，我们能够有所警醒，至少，我们的文化工作者，我们的商家，应该有所作为。

1997.10

"新古迹"被打得满头包

在这个社会批评如箭矢般漫天飞舞的时代，仿古建筑一直就是箭垛子。丑陋，臆造，质量低劣，这些言辞常常是批评者的集束手雷。而靡费公帑，僭越规格，则是更具道德高度的空对地导弹。此类批评义正词严，颇为强横，言之一出，常常众口诺诺。这类言论身披厉行节约、关注民生、珍视古迹的衣裳，又确实怀揣一颗对公共事务的热心肠，几乎天生是不容置辩的金刚之身；如果他们抨击的目标是那些拆去真古迹，代之以假古迹的恶劣行为，则更具泰山压顶般的舆论压力了——把仿古建筑名之为"新古迹"，本身就是一个精致的嘲讽，一种批评策略。

但是对于所谓"新古迹"，我们真的不可一概而论。射箭是容易的，找到该死的目标其实不那么简单。如前所述，"新古迹"至少应该分成三类：修复，重建（原地或易地），完全新建。修复似乎没有冒天下之大不韪，"修旧如旧"已是共识，不再赘言；重建则常常引来众口汹汹；而完全新建的，因为少有模板，是当代人的设计，几乎必定招来滔滔口水。但这些汹汹的声音一定是持正理性的吗？滔滔口水一定是健康的吗？显然不见得。虽然拆去真古迹，建假古迹取而代之无疑可恶，要么是智商堪忧，要么是居心可疑，但对另一些所谓"假古迹""新古迹"，我们怕是缺少了一点包容之心，欣赏之情。

无锡的灵山，新建的"梵宫"庞大、巍峨、繁复，甚至奢靡。工程之浩大一望可知，细微处也处处用心。它是智慧和手艺的集成，当然也是钱堆起来的。这些钱想必数额巨大，其来源我虽不甚清楚，但其中很多来自善男信女，也有勒石为证。此类建筑因为对古老宗教的传承和对经典佛教建筑的某种沿袭，也可归入"新古迹"之列。然而它的价值其实是显而易见的：它是宗教信众的云集之地，也是当代建筑艺术的集中展示。它现在是新建筑，可多少年多少代之后，难道不就是真正的古迹吗？

所有的古迹原本都是新建的。倘若我们的古人也一味忌惮于悠悠之口，现今遍布华夏的古迹从何而来？我们的文化又向何处附丽？

重修圆明园确乎应该慎之又慎，但似乎也不必一味嘲笑斥骂。故宫的太和殿建于明永乐十八年（1420年），称奉天殿。明嘉靖四十一年（1562年）改称皇极殿，清顺治二年（1645年）改今名。建成后屡遭焚毁，多次重建，现在我们看到的是清康熙三十四年（1695年）重建后的形制。假如永乐帝不建，此后烧毁了也不重建，故宫还是今天这个辉煌完整的皇家宫殿吗？

道理其实是清楚的，但实际情况确实要复杂一些。前面说到圆明园，是否重建确有可议之处；指出时机不成熟，是一个暂时搁置争议的好办法。不过有时候情况并不都如这般复杂缠夹。对古迹的修复、重建，甚至完全新建仿古建筑，并不一定就是大逆不道的土豪之举。功能显著，就是说确有使用或观赏需要，且财政可敷，就应该建；尊重古意，融合创新，精心设计，就可以造出好建筑，它们将是未来的古迹；而要成为未来的古迹，它要经得起时光和风雨的冲刷淘洗，它的质量必须是过硬的。可见，功能、美感和质量，才应该是我们建言立议监督的焦点。

2015.10

疼的初恋

纯粹美学意义上的初恋是一种财富，有益而无害。逝去了的恋情格外美丽。

和一个人，你们爱过，爱得很单纯，由于某种难以说清的原因，你们分开了，也许从此天各一方，也许偶尔还能碰面，但你们的婚姻彼此无关。这是一种似痛若痒的感觉，诱惑你从现在的婚姻里伸出手，时常去触摸那块伤疤。那种怨天怨命，自叹自怜的心境，即便是男人，有时也无法排遣。这种心情也许可算是灰色，但比之更为灰色的现实婚姻，倒可以使人对情感、对爱情依然保有一份向往、一点信心，虽然你知道一切都回不去了。美丽的初恋是一个具有不断的自我美化能力的梦，而梦是庸常生活中的人们的必需品。

梦还具有吸引人进入的魔力。我的一个朋友，幼时家贫，少失怙恃，长相也平平，大学时爱上班上一个女生。该女生面若桃花，傲似公主，四年间大概从来也没正眼看过她的这个暗恋者。据说有过短暂的接触,但那只算是一个笑话。多年后各走天涯,男生苦斗拼杀,娶妻生子,并挣下一份偌大的家业,可算是功成名就。那女生却不幸嫁了一个花花公子,整日里胡吃海混,最后导致婚姻破裂。这女生生活在另一个城市,说起她的近况,这男生谈笑自若,讥讽她不识男人,大有成功男人志得意满,不管闲事的气概——其实,你知道他心里想的是什么?——忽一日传来消息,这男人失踪了。从他的妻子、孩子和他的生意中失踪了。手机通着却不接,短信也不回。百般寻找不得结果,某日却有一条短信,让他的妻子不要再找,说:该回来的时候我会回来的。他的妻子把短信发给我看。短信可以说什么都没说,但也可以说一切都已说清——那段连初恋都算不上的情感,在时隔多年后,还是漩涡一样地把这个男人拉走了。

他的妻子一脸苦涩。家务和公司的杂务已把她弄得像个麻木的老妇了。

在我们的周围,包括我们自己,大概有不少人设想过和初恋情人的阔别重逢;重逢了,有多少种可能。

圆圈是不是总要画圆?人是不是永远忘不了他们的初恋,甚至想复辟初恋?

但是复辟是危险的啊。你已不复当年的你,她也不是当年的她。时光永远不可倒流。初恋的美丽其实就在于她是不圆满的。你可以回忆,但不能作为现实婚姻的参照和对比,更不要试图"再续前缘"。我对我朋友的妻子说,我相信他一定会回来的,或迟或早,你的男人一定会回来。

也许,初恋如清莲,只可远观,不可亵玩。我那朋友,他回来了,即使他的妻儿依然如以前一样待他,即使他还能神情自若地回到他的生活,但他那段重温过的初恋,还能以美梦的形式存在于他的记忆中吗?

2001.2

中国人的"甩"劲

随着国人出国旅游的增多,大量的负面消息也接踵而至了。随地吐痰、随意插队、随手乱扔垃圾,这都算是"传统",更离谱的是,大庭广众之下,脱下鞋袜透气,袜子一拉老长;走累了,路边长凳上一躺,把天地当了卧室,也不怕"走光"……如此种种,俱有照片为证。这些照片都刊载在报纸、网站上,都算是"新闻图片",肯定还有外国记者以此拿了稿费,其实,这种镜头我们早已是司空见惯了,如果在国内也能拿这种照片换钱,你到街头走一遭,包你满载而归,挣来的稿费足够你到自助餐厅吃一顿——需要提醒的是,不要因为自助餐不限量,就不考虑肚子的容量,万一像在报纸上露过脸的几位大妈那样,吃得要喊救护车,你可能又会成为别人挣稿费的材料了。

大家都知道,这类不文明现象,并不只发生在国外,只不过以前关着门,大家都熟极而流,随手做了,都不觉得有什么"可观赏性"。可外国人眼窝子浅,没见过世面,一见中国人如此做派，而且是集体表演，马上大惊小怪，嚷起来了，弄得全世界的人都来瞩目，好像是在看行为艺术表演。

其实，这类举止做派，有两个特性：一是旁若无人，二是自私自利。据说还有第三个特性，是什么"故意炫耀性"，我并不认可。你要炫耀有钱，相当有钱，你大把掏钱买东西，并不碍别人什么事，即使那个店主是外国人，看到钱他也是要笑的，不会嫌你不文明。倒是其他一些事，令人侧目，更能说明这类行为的前两个特性，譬如打电话，几个人在一起谈事，突然某人手机响了，他掏出电话，大声接听，哇里哇啦，乱喊乱叫，说的事别人并不感兴趣，耳朵也吃不消。这种事我们谁没见过？你说他是炫耀吧，他自己肯定也知道，一只手机实在没啥可炫耀的，倒是"旁若无人"没有冤枉他。但说他自私自利，他大概就要反对了，因为他大声喊叫，是为了让对方能够听见，他这是在为别人考虑哩。但我要说，你考虑了对方，却不考虑周围，其实还是自私自利。看起来，你实在是有点"甩"了。

遇到这种场面，应该有个人去提醒一下：给你打电话的人虽说可能在千里之外，但借助了电波，那个距离其实已缩短为零，那人的耳朵其实几乎是贴在你嘴边的，你犯不着如此浪费中气——其实想归想，我却没有提醒过任何人一次。遇到如此行为做派，真正站起来制止的很少，我们自己能够文明一点已经是谢天谢地了。

我们是老百姓，一介草民，我们觉悟不高似可原谅，但掌握着公共资源的媒体如果一方面对这种不文明现象曝光、挞伐，一面又在推波助澜，暗中鼓动，我们就要莫名错愕了。

某电视台曾有个节目，叫《超市大赢家》，收视率很高，想必很多人看过。主要内容是：找来几个家庭同场竞技，看哪个家庭在规定的时间内"抢购"到的货物最多。说是"抢购"，所有的焦点却都落在一个"抢"字上，抢的是时间，抢的是价值，看谁出手快、狠、准。最让人眼热的，是并不真需要掏钱去"购"，抢到了就是你的，你只管挑最贵的去抢。于是，主持人一声令下，几个大男人携妻将子，拖着购物车，直扑最昂贵的货架。一时间超市如战场，群雄争霸，兵荒马乱，再加上电视快镜头的运用，简直如群魔乱舞，让人误以为是土匪进了村……转眼间时间到，主持人一声口令，几个家庭气喘吁吁，拖着他们的战利品前来验收了，点点人数，却少了个孩子，原来小家伙歪歪扭扭，推了个自行车姗姗来迟了。全场哄笑，都等着主持人裁定，这自行车到底算不算……

你也许认为这节目没有什么，符合"新、奇、趣"的标准。但我认为，它十分恶劣，完全配得上"旁若无人"和"自私自利"这两个断语。类似的场面其实我们在现实生活中也见过的，也是在超市，为了促销，商家规定，谁能从米盆里，用塑料袋装上重量准确的大米，你就可以白拿走。于是，不拿白不拿的人络绎不绝，他们手忙脚乱地撒了一地的大米，坦然践踏，唯一关心的，是袋子里的米是否符合他们自报的重量——如果你心疼地上的大米，那你就应该知道，这类场面所践踏的，可不仅仅是米，而是普世公认的公平、礼让和不劳动者不得食的原则。它嘲弄了优雅，宣扬的是粗野、贪婪，几乎近于无耻的掠夺。

这种节目，一播数月，数年，而不知反省，真是很"甩"啊。

2006.10

迷路在童年

十几年前我才知道，我是一个方向感很差的人。开车上路，尤其是在城市里，我常常找不着北。好不容易找到目的地，也找到了停车位，但办完事出来，我又经常找不到自己的车子。我不得不一路寻找，一路不停地按车钥匙，期待哪辆车能够应我一声。方向感差应该是天生的，跟能不能喝酒差不多，与你是不是开着车没关系。在"交通基本靠走"的童年时代，我就曾迷过一回路。

正如我的长篇小说《白驹》所描绘的那样，我老家那个镇，地处三县交界，我们属于兴化县（1987年撤县建市），但离兴化远，离东台县城却近，只有十多里。镇上人稍大的消费，或是治病，都是去东台。一条沿河的大堤，直通，骑自行车很方便。我很小的时候，父亲就骑车带我和弟弟去东台，经常是大杠上坐一个，行李架上坐一个。我将满六周岁的那年秋天，我们一家，父母亲带着我和弟弟去了东台。那时没有旅游的概念，是走亲戚，我二姑妈嫁在东台。

亲戚相逢基本是大人跟大人说话，小孩子们闹在一起玩。那时二姑妈新婚未久，我的表妹表弟还没出世。幸亏还有其他亲戚，父亲的表妹，叫龙女，一直带我玩。她应该比我大一两岁，因为是本地人，我姑妈家她也常去，一点不认生。印象最深的是姑妈家的天井里摆了一口大缸，里面养着两条鲫鱼，我喂它们吃饭米粒。那鲫鱼头大，身子小得出奇，简直不像鲫鱼。姑父告诉我，鲫鱼是他钓来的，养得久了，吃不饱，就瘦，头还是原来那么大，身子却小了。于是我就喂更多的米粒，搞得第二天水缸发了臭。

喂鱼的时候我还不知道我会迷路。当天晚上，我们随着人流一起到城河边一个广场看表演。东台有电灯，又加了不少汽灯，但还是不够亮。广场太大了，搭了三个台子，都在演戏。演的什么，完全想不起来了。那年春天，"九大"刚召开，肯定有县剧团演的"样板戏"，也有可能就是一些又唱又跳的庆祝节目，总之很热闹。我那时年岁小，人太矮了，记得是父亲让我骑在他肩上看，那种高于众人头顶的感觉，我记忆犹新。我很兴奋，还有点紧张。人实在是太多了，数不过来；三个台子，也看不过来。那时候，母亲和弟弟在哪里，我不知道，就连一直跟我玩的龙女，也不知道在哪里。

然后就走散了。此后一段时间，我没有记忆。

成年后，我一直自吹自己记忆力超群，因为我能说出爷爷去世时，棺材是怎么摆放的；爷爷去世时适逢我弟弟出生，弟弟比我小14个月，就是说当时我也就一周岁多。我现在还能随口唱出我刚学会说话时大人教我的一首歌——《贫农下中农一条心》，旋律歌词都不错，那时我也不超过两周岁。但也许是我长大一些后才学会的呢？都知道，长辈们都喜欢绘声绘色地讲述孩子成长的奇迹，有些话恐怕当不得真的。

不管怎么说，我儿时的记性大概是好的。可是，那次孩提时代唯一的迷路，确实在脑子里只剩下片段了。模糊，人影憧憧，到处都是人，一个一个大人的屁股挡在我前面。实际上，和家人们失散后，有一只手，一直牵着我的手，但是我毫无印象。只记得，走啊走啊，走得很累。路很黑，拐很多弯，仿佛没有尽头……突然，我认出了二姑妈家的巷子口，火星庙巷！我踩着湿漉漉的青石板，高一脚低一脚地往前跑，然后，就到了。

路灯昏黄，姑妈家的闼子门还大开着。大桌四周，坐满了人，还有站着的。姑妈家里的电灯好亮，简直像舞台的灯光，照着他们焦急的脸。大桌上方烟雾缭绕，像《西游记》里的妖云。我不声不响地跑过去，所有人全站起了身，迎过来。

谁喊一声：乖乖，你怎么回来的？我手一指后面，龙女跟过来了。

龙女被骂了。也有人表扬她。好像是我母亲吧，她说，我就知道龙女会把天民带回来的！

"天民"是我出生后的第一个名字，后来做了小名。我叫"天民"，弟弟叫"天石"，都是有出典的。在老家的读法里，"天民"与"天明"是不分的，于是被人曲解成"盼天明"，这不可以，只能改掉。天民，天石，多好呢，我至今觉得遗憾。

我迷路失踪这几个小时，大人们急坏了，也找遍了。他们大概在追问龙女，带我从哪里走的。龙女叽叽呱呱在那边说，可我对东台不熟，听不懂。而且，我不一会儿就睡着了。

其实所谓迷路或失踪，那是大人们的担忧，对东台城土生土长的龙女来说，可能只是带我这个小侄子绕了一段路。

此后数十年，居然再也没见过龙女。我曾以为，她是因为属龙才叫龙女。最近查问了，不是的。她只比我大一两岁，如果属龙，她就要比我大十一岁，那她快二十了，哪里还用担忧。她叫龙女，是因为她兄弟姊妹是龙字辈，都有个龙字。

我很感谢她。如果那次真的走丢了，我会如何呢？我现在在哪里呢？会不会真像长辈吓我的那样，被卖到渔船上去，从此漂泊四方？她是我父亲的表妹，我应该叫她姑妈的，但因为她跟我差不多大，我心里从来没把她当过长辈。她是我童年时候短暂的伙伴，带我走过一个昏暗的夜晚。

我自诩记性好，实际上，我几乎所有的童年记忆，都没有时间刻度；唯有这次迷路，我能说出准确日期，没有任何人提出异议，因为那是新中国成立二十周年国庆日，1969 年 10 月 1 号。

2019.9

语文和我

通常的题目是：我和语文，我写的是"语文和我"。我父亲是一位语文教师，在我出生以前，父亲已从师范学院毕业从教好几年，从我们家的角度看，语文也比我要年长。中国人讲究"长幼有序"，所以应该是"语文和我"。

这当然是句玩笑话。语文的年龄是无法计算的。自从有了教育，就有了语文课。只要你受过最起码的教育，语文就和你结过不解之缘。就我而言，和语文的关系，差不多相当于和父母的关系。语文是严厉而又慈祥的。如前所述，我父亲教语文，后来，我母亲也做了教师。父亲教中学，母亲教小学。但奇怪的是，我在父母工作的中学和小学读到毕业，他们却从没有教过我。不知这是不是他们的刻意回避。也许还是看在我父母的面子上，我在中小学阶段的语文成绩很好，作文就更好——请注意，我说的是得分很高，具体水平，我说了不算。高考是个检验，可我记得我语文只得了70多分，倒是物理，我的高考成绩在河海大学当年全校的新生中名列第二。若语文成绩再差一点，可能我连大学都上不了。语文似乎对我比较严厉。

但语文对我很慈爱，她是我思想成长的父母。最初的阅读无疑是从语文课本开始的。每学期领到新书的那一天，都是我快乐的日子。虽然还有很多字不认识，我会一气把它读完。到了三年级，我就开始看小说，《林海雪原》《金光大道》《水浒传》，找到什么看什么。那段时间是我文学生活的真正起点。多年以后，我已成了一个作家、大学教师，但我对那个暗淡的高考语文成绩依然不能释怀。我揣摩的结论是：问题不在我，是当时的高考评分标准有问题。好文章得不到好评，中规中矩的"呆文章"却能得到高分，我觉得不公平。如果这种现象目前还存在，我更要为现在的学生鸣不平。

但我其实知道，这种现象确实还在。由于工作关系，我早年曾主编过一些作文辅导用书，不少老师给学生作文的评语令我不能苟同。我当然会尽主编的职责将其颠覆，但面对这种普遍的状况我也无能为力。对学生而言，办法也是有的。所谓"尺子是死的，人是活的"，就是说，考试时你的文章就中规中矩，甚至亦步亦趋，什么"开头点题，结尾升华""总—分—总"，你都可以用，守着规矩，得个高分上好学校；到了另外一些场合，你再写出你心中的所想所爱，神思飞越，天马行空，汪洋恣肆，精骛八极。

这确是一招，是无奈之举。然而要能做到这个也不容易。你首先得知道什么是真好，什么是假好。否则两个口袋里的东西弄混了，仓促间拿出的东西很可能就会张冠李戴，会砸锅。要不砸锅只有一个办法，那就是多读——不但读课本，更要读课本外广阔的书。

2000.10

掘墓者说

故乡扬州兴化县,古称"楚水",又名"昭阳"。立县已两千多年,是一座名副其实的古城。兴化地处"里下河",号称"锅底洼",四面环水,芦荡纵横。有诗人曰:"水乡的路,水云铺,进庄出庄,一把橹!"是之谓也。故乡还盛产水稻,在我的小说里,与我现在居住的"麦城"相对应,经常还有"稻乡"或"芦舟"两个地名出现,这里面就有我故乡的影子。

故乡古来多俊彦。比较著名的就有:《水浒》的作者施耐庵;以《报刘一丈书》被选入《古文观止》和高中语文课本的中原才子宗臣;"扬州八怪"中的郑板桥和李鱓;等等。《西游记》的作者吴承恩也和兴化结有不解之缘,据考证,《西游记》的最后修订工作就是由兴化的状元宰相李春芳完成的,这或许是"小说家言",但也并非无稽之谈……还有一个,就是刘熙载。

刘熙载,清咸丰同治年间人,字伯简,晚年号癞崖子。少时家贫,以苦读成名。三十一岁中进士,曾被咸丰帝任命为"上书房行走"。晚年主持上海"龙门书院",与俞樾并讲于沪杭,各擅其名。

刘熙载通文艺、精音律、擅书法。他仕途多舛,因力革弊端而屡屡犯上,任广东提督学政时,任未满而乞归故里。他一生贫寒,却著述甚丰,给后人留下了《艺概》《昨非集》《说文叠韵》《说文双声》等一大批不朽著作。其中的《艺概》,作为一部文艺批评名著,更是遗泽至今,影响深远。

刘熙载六十八岁病逝,葬于兴化沙家舍村,一条大河的西边。我小时候曾和父亲去过那个地方。坟草青青,一抔黄土埋伟人,嗟乎!

兴化土地肥沃,但因常年水患,却一直是个穷乡僻壤。我记得小时候总是饿,肚子里寡得慌。至今我弟弟头上还有一块骨头没长饱,医生说是发育时营养不良所致。"文革"时人们饿得慌,也闲得慌,不知是谁先想出来:挖古墓!嗨,这实在是个不得了的主意啊,既"破四旧",又可以捞到好处。那年头,故乡多出盗墓贼。

本该开沟挖墒的大锹挖了多少墓啊,这有谁知道?

兴化地势低洼,地下水位很高,几锹下去就见了水。盗墓贼们浩浩荡荡地涌到一座古墓前,兴高采烈地挖上半天,一般所获都甚为有限,原因是古墓早就进了水,死者的骨殖和绝大多数东西早已烂成了泥。人又那么多,又有几个人能捞到真正烂不掉的"宝贝"呢?

刘熙载的墓当然未能幸免。但他是不朽的。带头掘墓的那个人事后大病了一场,几乎把命送掉。他对我父亲说:

"那个坟也就是个土堆子，用不了几锹就平了。我们挖去土，砖砌的墓穴中是一口很普通的棺材。我们欢天喜地地用凿子把棺木撬开，却发现'刘大人'（他这么称呼）浮在红红的半棺材水上，他的尸身一点也没坏！他脸上很瘦，身上穿着长袍，好像才埋下去不久。我们都怔住了，挖了那么多墓，年代比这个早的和晚的不知有多少，我们还从来还没见过一个不烂的！我们都呆了。

"我算是胆子最大的，带头跳到墓穴里，抢先伸手到他嘴里去掏。我原先听说过，尸身不烂的人嘴里肯定含着宝贝，是镇墓之宝，一般是夜明珠之类。可我掏了半天什么也没找到，还把手碰破了（他举起尚未痊愈的手）。"

父亲问他："难道就什么也没找到吗？"

他说："后来人都下去了，不少人还跳到了血水里，可就是什么宝贝也没见着。"

父亲说："不可能吧。"

他说："是真的没有。最后只找到了一本书。是在枕头底下发现的。装在一个红木盒子里。"

父亲说："是什么书？"

他说："不认识。皮子上是两个字。"

父亲伤心地说："那是《艺概》呀！书呢？"

他说："那东西有什么用？我们扔掉了，扔到大河里去了！"

父亲长叹一口气。

盗墓贼说："那个红木盒子还在，你要的话我可以让给你。"

父亲垂首，摇了摇头。

多年以后，父亲把这桩往事讲给我听。他是当一个"买椟还珠"的故事讲的，但我从中受到的震撼是他始料未及的。我想到了生命，想到了不朽。

中国有多少皇帝迷信方士，唐朝尤甚，他们吞下了各种"灵药仙丹"，但无一例外地都没有能够"万寿无疆"，反而大多早早地就死了。而刘熙载，一个文人，他没有"夜明珠"，没有"镇墓之宝"，他只枕着一部书，一部自己呕心沥血写出的书，就长久地、不朽地躺在那里。如果没有盗墓贼的侵扰，他很可能就将永远地睡在那儿，安详、宁静。但即使这样，在很多人心里，他仍然是千古不朽的。

那棺里的血水是怎么回事呢？

那是他心血的象征——我就这么认为。

2001.7

一人高的风景

我不是发型师，也不是服装设计师，和生活在都市的绝大多数男人一样，我只是一个女性美的欣赏者。

美丽的女人是都市人流中的一道风景，这是一句老话，也是一句真话。还有一句真话是：爱美之心，人皆有之，没有女人不爱打扮。在我们这个时代，女人们美化自己的手段是越来越多了，除了服饰、化妆品，发型上的花样也层出不穷。肤发之身，受之于父母，除了天生的秃子或者癞痢头，每个中国人都有一头黑色的头发，这是爹妈给的，但怎么收拾它，怎么装扮它，那就是各人自己的事了。

据说男人看女人，第一眼往往先看对方的眼睛，既是这样，和眼睛近在咫尺的头发肯定也是第一印象的一个要素。如果说漂亮的女人是风景，那么街上女人们千姿百态的发型就可以说是这道风景中最有趣味的部分之一，而且这片风景有一个共同点，那就是，它们都展示在一人高的位置，这给我们的鉴赏提供了某种方便。

我认识一个女孩，天生丽质，卓然不群。我们初识时，她留着瀑布似的长发，安静时，长发悄然披下；骑在车上，飞驰而过，长发竟像黑旗般招展，真可谓"静若处子，动若脱兔"，她说这叫"清汤挂面式"，我觉得这很好。后来变了，垂肩的长发突然有一天就剪掉了，做了一个新的发型，短，且参差，她笑吟吟地告诉我，这叫"麦穗式"，回归自然，绿色和平，这也不错。不想几个月后，"麦穗"又没有了，她自己把它们收割了，原本丰密的头发被修得更短，真像是秋后的原野，她告诉了我一个名目，但我没听懂，我觉得把这种发型叫"秋后算账式"也许更合适一点。

这本来也没什么。头发是自己的，随你怎么搞！问题是：我的这个朋友，她头发的减短正好和季节的变化背道而驰，也就是说，天气在变冷，她的头发反而在变短。我知道这是潮流的作用，潮流增加了她的耐寒力。在很多女孩的意识里，落伍和"土气"比感冒可怕十倍。我并不是一个死守着"中山装"不放的老古板，然而基于同情，我当时有一个想法，那就是，我希望暂时不要流行更短的发型了，因为天气正越来越冷，谁也不是铁打的筋骨！——转念一想，也不对，要是流行起长头发的发型，她的头发却已经剪短了，女人头发长得慢，她终究追不上潮流的。

当然了，我也只是说说。变幻莫测的风景总是好看的，况且头发也并不是保暖的唯一物品——她们不是还有帽子吗？那里面的花样可就更多了，必要时，她们自会到商场去挑。写到这里，我不由自主地捋了捋自己的"板寸"。

2001.7

越洋电话

妻子到日本东京自费留学去了。她是 1995 年 5 月 22 日从上海走的,到现在,我写这篇文章时,整整半年了。

妻子出国时已经三十一岁,这个年龄出国,已经太迟了一些。我们的家庭是一个典型的三口之家,儿子也已经三岁多了,正是最可爱的时候。我们的工作虽然很沉闷,但从另一方面讲,也很清闲;我们不富裕,但还过得去。她要出国,我并不赞成,我问她,你为什么要出去呢?妻子说,现在再不出去,我就再也没有机会了。难道我这一辈子,就不能出去看看了吗?我现在已经能看到我老死时是个什么样子了,我真的很不甘愿啊。她都这样说了,我作为丈夫,还能说什么呢?

忙了大约半年,所有手续都办好了。终于可以成行了。

妻子一走,我将一个人在南京生活,我没有办法带好儿子。她走以前,我们先把儿子送到他在兴化的爷爷奶奶那儿去。

从南京到兴化有六个小时的车程,妻子几乎一直抱着儿子。

妻子很瘦小，生这个孩子时她挣扎了二十五个小时，最后还是挨了一刀。孩子生下来七斤八两，对她来说，确实太大了。儿子在他妈妈怀里一直很不安分，那天的车上确实太热了，他肯定不明白妈妈为什么要一直抱着自己。对很多的事情，他还似懂非懂。记得有一次，他从幼儿园回来，对他妈妈说，妈妈，我生下来是不是只有这么一点点啊？他两个小手比的圆圈像个乒乓球。他妈妈说，不，比这要大一点——有这么大。儿子点点头，认真地说，我现在都长这么大了——他手臂使劲地一张，他说，妈妈，我谢谢你呀！当时我和妻子都呆住了。我们真不知道说什么才好。这可能是幼儿园的老师教他的，但我们都没有去核实。我们宁愿带几分醉意地感受这种稚嫩的亲情。

但我们终于要离开他了，妻子还将离得更远。在南京的时候，妻子有意识地教儿子学会了接电话。在送我们回南京的车站上，儿子对我们说，爸爸妈妈，你们别忘了给我打电话，我现在会接电话了。妻子的眼泪一下子冲出来，她赶紧躲到了车上。我对儿子说，儿子，爸爸带不了你，爸爸没有办法。你要听话，听话了，爸爸就给你打电话。

儿子说，好的。

我终于没能忍住自己的泪。

钢铁的巨鸟把妻子从我身边带走了。我看着它钻进云里，又看着它钻出来，但是它变小了，看不见了。一个多小时后，妻子将踏上那块陌生的土地。我听说过那个地方，但是我们都不熟悉它。我稍感安心的是，妻子的姐姐姐夫会在机场接她。我一个人回到上海火车站，没有能及时买到回南京的车票。滞留在火车站的几个小时里,我不断地看表,我知道她已经到东京了,可我还没能回家。我当时想,在这个时代,距离也许并不可怕。妻子说,她会经常给我打电话的。

一个家被分成了三处,心也被分成了三块。我的情绪变得沉郁而纤细。季节更替,气温冷暖,都会令我惦念牵挂。从来也没觉得,家是那么的好。

妻子经常给我打电话。我们在电话里互相要求各自珍重。我告诉她,儿子很好。家乡空气清新,他很少感冒了。他还学会了很多的歌。儿子的口音也变了。妻子说,我刚才给儿子打了电话,可他已经睡着了。你经常回去看看他吧。他调皮,你不要凶他。我说我当然不会凶他。

妻子出国是自费,她想尽快把那笔昂贵的费用还清,她在读学位,同时还打工。妻子出国前是大学教师,但她在日本只能打一些与学术无关的工,我可以想象出那种心情。我让她不要太辛苦了,债慢慢还,我们并不需要很多的钱。我说,你如果没事就不要老惦着打电话了,一个电话相当于一百多块人民币,太贵了。我说,你工作一天,能打几个电话呢?如果那么累,还不如早点回来,那样我们三个人在一起,就不需要再打电话了。

妻子说,可我总想着跟你们说说话。她说,真的很值得出来看看,他们真的很先进。

妻子出国以前生活在南京,这里五十多年前曾遭受过一场惨痛的屠杀。妻子的情感和所有的南京人是一样的。

1995年8月,学校放暑假,我回家乡看望父母和儿子。

到家的时候正是傍晚,儿子正在玩桶里的水,他一看见我,愣了一下,然后他就扑了过来。我问他,爸爸不在,你想起爸爸了吗?他说,我想不起来,可我一看见你就想起来了。我懂他的意思,他是说,他想不起爸爸的模样,但他没忘掉,他认识。他问我,妈妈呢?

我答非所问地说,妈妈今晚会给你打电话的。

晚上,我和父母、儿子一起,早早吃完了晚饭,坐在电视机前面。电视里正在播放纪念"二战"胜利的系列节目。我们边看电视,边等电话。

电话铃响了。儿子冲到电话机前面,他老练地按下"免提键"。这样,大家的声音妻子都能听到。远方的妻子也能听到这边所有的声音,一个家的声音。我微微有点发窘,父母亲就坐在旁边,我担心妻子不知道用了"免提",会和我说一些夫妻间的悄悄话。我抢上去说,喂,我回来了。我们都能听到你的声音,你儿子要跟你说话。

妻子的声音非常清晰。她说,儿子,妈妈的心肝,妈妈的乖儿子,妈妈想你……她哽咽住了。她说,儿子,你想不想妈妈?

妈妈,我想你回来看我,儿子说,妈妈,我会唱歌,我从电视里学的。奶奶说我唱得好。

妻子说,你唱一个给妈妈听听吧。

儿子说,我唱个《大刀向鬼子们的头上砍去》,好不好?

那一阵子,电视里经常播放抗战歌曲。我们点点头,妻子在那边说,好,妈妈听着。

儿子开始唱,大刀向——鬼子们的头上——砍去!全国爱国的同胞们,抗战的一天来到了……

儿子唱得很不错。他把电视里合唱队那种同仇敌忾的气概全模仿出来了。唱到后来，电话的另一端，妻子也在那边一起唱起来……看准了敌人，把他消灭，把他消灭！大刀向，鬼子们的头上砍去——杀！

唱完了，妻子大声说，儿子，唱得好！唱得好！她在那边用手啪啪啪地拍打着话筒，鼓掌。

妻子是在街头的电话亭里打的电话。我听见那边的马路上，有街车驶过的声音。虽然我知道妻子并不是个愣头青，和大多数中国妇女一样，她是个感情含蓄的人。但她在日本的街头唱这首歌，我心里还是有点担心。

妻子的磁卡只能通话五分钟，她让我父母注意身体，电话就打完了。

挂掉电话的儿子意犹未尽，他又唱《王二小》给我们听。这首歌我不会唱，儿子却能一字不漏地唱下来。

妻子出国后，我有过很多个不眠之夜，那一夜，我又几乎彻夜未眠。我想象着大海彼岸的妻子，在夏夜的东京街头和我们通话的情景。我好像看见灯火辉煌的街上，摩天大楼高高耸立着，马路边上的电话亭里，站着一个娇小瘦弱的女子，她是一个中国人，我的妻子。她唱了一首歌，然后她走出电话亭，汇入东京的大街上如过江之鲫的人流中。我猜想着她的心境，感到一丝酸楚。

我大概是很难忘掉那一个越洋电话里的歌声了。

1995.10

日本人为什么喜欢相扑

中国人看稀奇一般称之为"看西洋景",相扑却是十足的"东洋景"。在我们看来,这项日本国技实在是一种另类的运动,肥硕庞大的运动员和他们的兜裆裤,贯穿于比赛整个过程的冗长、繁复而又一丝不苟的程序和仪式,装扮怪异类似于中国道士的"行司"(裁判员),乃至撒盐、洒水、互拍耳光和自拍耳光等等细节,都是一种奇异滑稽的风景。

看稀奇或曰看热闹,是国人的一个悠久的习惯,也可以说是一种权利。但问题是,既然日本是中国一个重要的邻居,既然中国和日本常常要"角力",我们为什么不认真研究一下这原本也叫"角力"的相扑?为什么不收起我们嘴边的不屑,不要像看杂耍一样地去审视这个"大相扑"?

了解一个民族有许多条门径,而最具传统、最有基础,同时也最富特点的体育运动往往是那扇门的钥匙。譬如美国的拳击,规则简单,肌肉袒露,攻势凌厉,影响遍及全球,就充分体现了所谓的美国精神和美国文化。所以美国人什么都可以输,但拳击重量级的金腰带就坚决不能丢,哪怕是耍点赖。我们都应该记得那年美国人霍利菲尔德和英国的刘易斯的争霸战,由于那个美国女裁判对霍氏的"偏爱",刘易斯终于还是没能把那金腰带夺了去。如果没有拳击,美国精神也许就少了一个凝聚点,少了一个宣泄端口。

既然说到拳击,我们不妨拿相扑与拳击做个比较。比之拳击,相扑更像一种宗教仪式。它更含蓄,更富于东方精神。它讲究程序,注重仪式感,严守规则,而且等级森严。关于相扑的程序,我就不多说了,总之,它远细密于拳击或者中国的擂台赛,甚至比中国人办丧事的法事还要严谨。有一年我在日本,和一个日本老太太上街,在地铁站,偶然遇到了两个人高马大、身着盛装的相扑手。那日本老太太十分兴奋,满面崇敬,认真地对我说:恭喜你,你有福气了,一般人很少一大早就遇到他们的。我很诧异,心中暗笑难不成这地铁站成千上万的人都沾了福气,一面也体会到相扑手在日本地位的尊崇。但做一个相扑选手是有门槛的,身高低于1.73米无缘入门,这些孩子从小在"相扑部屋"中接受严酷的训练,低级别选手要伺候高级别选手,除了吃"力士火锅"催肥增力,严格打磨身体素质——谁能相信,这些走路都显吃力的力士们竟个个能劈叉——他们还要苦练相扑技术"技麻利"七十手,加上传统的四十八手,实际有一百多手技术。"冬练三九,夏练三伏",培养的不但是技术和能力,还要养成"动如猛虎,静如卧兔"的勇猛,渊停岳峙般的自尊,以及钦伏于强者的坦荡。相扑手绝无绯闻,烟酒不沾,有志于此的年轻人一旦登上"土俵"（比赛台）成为职业选手，就踏上了一条近乎自虐的人生道路。他们按比赛成绩，分为十个等级：序之口、序二段、三段、幕下、十两、前头、小结、关胁、大关、横纲。连输几场就要降级，即使你最终成为横纲，如果接连失败，也要被"劝退"，让你退休。在相扑比赛诸多的程式中，撒盐洒水，裁判员飞快挥动的羽扇之类的细节在外人看来常常引人发噱，但当一个横纲被一个低级别选手击败，无数的观众坐垫向他飞去时，很多人恐怕就笑不出来了，即使笑了，之后肯定也会有一丝悲凉。

相扑就是这样一种运动，你先看到滑稽可笑，然后你看到程式，最后，你聚起目光看，才能发现它的内核。

等级，祭祀般的宗教感，苦练内力，不怕牺牲，追求境界，这无疑符合日本的"道"，或者说符合某种类似于"禅"的精神，所以日本人喜欢它，就像他们喜欢剑道、书道、茶道一样。但你如果知道相扑早在1909年就被日本政府确定为国技，正式的相扑比赛每年有六场，相扑选手享有足球、棒球等一切热门运动员所无法望其项背的收入和人气，他们可以娶到最美丽的女人——著名影星宫泽理惠就嫁给了相扑手——你也许还是要疑惑：日本人为什么如此狂热地喜欢相扑？它居然还当得一个"大"字，叫"大相扑"！

这也是我的疑问。我曾经就此请教过前文提到的那个日本老太太，她似乎没想到我会有这一问，思索良久，也没说出个所以然来。随着看到更多场次的相扑比赛，我的疑问越发难解，直到有一天，我有幸观看了相扑史上一场著名的赛事，我才突然间找到了谜底。

那是贵花田大战曙太郎。贵花田是日本本土选手,而曙太郎是来自美国夏威夷的黑人,横纲。此人加入了日本籍,身高2米,威仪赫赫。而贵花田身高仅有1.87米,这算是先天劣势。在此之前,贵花田和其兄若花田已经与曙太郎以及另一个黑人选手武藏丸缠斗多年。此前的过程,都是一种酝酿和预演。这似乎是二十世纪末的最后一战,无数人关注着这场比赛,如果没有电视转播,也许会真的万人空巷。最后的决战来临了,繁复的仪式酝酿了期待者的情绪。最后,经过一系列的试探,突然间短兵相接,贵花田利用曙太郎下身较弱的缺点,猛然一个推转,曙太郎硕大的身躯一下子失去重心,摔到了台下!

所有的观众都站起来了,掌声如雷。曙太郎受伤了,从此他退出了相扑台。更为重要的是,贵花田胜利了,他战胜了看上去比他高一头、也比他重得多的人。我们无法排除观众的狂热和兴奋是因为一个本国人打败了外国人,但此前多场两个日本本土选手对决,我都从周围观众的脸上发现了那种期待。他们期待的是:名气小、级别低、体重轻、身高矮的战胜比他更强大的。

这种期待,恐怕才是相扑的精髓。

要知道,相扑虽然等级森严,但它却是全世界所有角力格斗运动中,唯一不设置体重级别的。承认一种秩序,然后向秩序发起挑战,进而颠覆秩序,这就是相扑的内核。小的可以打败大的,弱的可以战胜强的,这就是相扑的精神指向。

带着这个答案,我一有机会就要把话题引到相扑上来。我要求证我的答案。日本人常常是先被问得一愣,然后顾左右而言他;或者沉吟良久,最后点头称是。

相扑手经过长期苦练，比赛程式烦琐冗长，然而真正的决战也就在那几分钟，甚至几秒。这倒像樱花，它们平庸地积蓄了一年的力量，轰一声就全开了，哗一下又全凋了，就像一片大火，它们由南向北从这个岛国上席卷而去，消失在太平洋里。日本的河流也与此神似，它们一律河道狭窄，铺满顽石，平日里只是涓涓细水，一夜骤雨后，突然间就咆哮起来，仿佛要冲垮一切……樱花之所以被日本人尊为"国花"，大概不仅是因为它遍布日本吧。

了解了相扑，也许我们可以更了解日本。这个国土狭小、资源贫乏的国家，历来不缺乏挑战强者、挑战秩序的追求和勇气。因为自强不息、苦练内功，它也常常不缺乏实力。它像相扑选手一样地追随强者，学习强者；它乖巧，却也自负，常常隐忍不发，它比任何国家更知道居安思危。

与这样一个国家为邻，也许是天的安排。我们要学会怎样做它的邻居。

还是说到相扑上来吧。都知道很多的东西我们是"古已有之"，日本更是有不少东西是从中国"舶来"。相扑也不例外。《水浒传》中的浪子燕青除了会打各省乡谈，尤长"相扑之技"，另一个好汉没面目焦挺也是此道好手，他二人都曾让李逵吃亏不小。更早的《礼记·月令》记载："天子乃命将帅讲武，习射御、角力。"后传入日本，始见于《日本书纪·垂仁纪》，奈良时代以后兴盛。但日本人赋予了它更丰富的内涵。而我们现在只能看到武术了。不客气地说，有点大谈炎炎，花拳绣腿。为了把武术推向奥运会，也许还为了振奋精神，我们自己制定了既可用拳，又可用腿，还可以抱摔但又不可抱摔超过几秒这样"四不像"的规则，邀请多国力士前来丢丑。在我看来，实在是有点胜之不武。其实，武术是最讲究"精、气、神"的，我们也很需要一种像美国拳击或者日本相扑的传统体育运动项目，它可以像拳击一样"走向世界"，也可以像相扑一样"孤芳自赏"。但可惜，我们现在没有。

没有，我们可以欣赏，可以学习，可以研究。更重要的是，我们要尊重。对特色鲜明的体育文化要有一种敬畏之心。闯荡江湖见多识广的中国足球队前教练米卢曾经说过：态度决定一切。诚哉斯言。态度不仅是指运动员对教练、对这项运动的态度，更重要的是对竞争对手。态度常常决定最后的结果。

2004.7

日暮里的银杏树

日本的许多地名极有韵味,譬如银座,譬如浅草,譬如日暮里。这些地方名实相符,地名就是它的风格。银座富丽堂皇,仿佛一个贵妇人,雍容华贵,令人难以逼视;浅草的街道纵横交叉,酒旗猎猎,就像一群小家碧玉,喧闹,浅薄,却很容易让人亲近;日落时分的日暮里是一个老妇人,安静的小街上时不时会出现一个身着和服的老人,木屐清脆地击打着地面,夕照下的和服黯淡陈旧,一如街道两旁的老房子。

相比之下,另一些地名则有些奇怪。譬如早稻田,还有艳歌。其实除了高楼大厦,你既看不到稻草,也听不见和歌之类的悠长旋律,要找它们,也许你只能到历史里去找。还有一些地名看上去就令人发噱了。有个地方叫吾妻桥,更有个城市叫我孙子。

在日本的这几个月,我培养出了在地图上旅行的爱好。在这里,出门既易,也难。易的是交通方便,难的是语言不通。幸亏我还看得懂地图，地图上的旅行简单而又快捷。有些地名实在是太美，经不住诱惑，我就去看一看，譬如日暮里。到现在，连地图我也懒得去看了，头脑里只剩下那些余韵悠长的名字在徘徊。

日本是个喧嚣的花花世界，但我们居住的国际交流会馆却很安静。我喜欢那些地名，就和家人们商量着把它们移植到我们的住地来了。会馆很大，有大片的草坪，这就是"浅草"了；草坪的中央长着两棵一人合抱的银杏树，秋天的黄昏，银杏树浓郁而安详，我们把银杏树下的那个地方叫作"日暮里"。

"浅草"中的"日暮里"是我们休息的好去处。我们常常在银杏树下散步。谈得最多的，是中国，还有日本。

这是两个怎样的国家啊。恩怨交加，难以言说。

我们谈论着夫子庙，说到乌衣巷，说到长干桥。我们在国内时，居住在城西，离城南的夫子庙很远。从来也没有觉得，夫子庙离我们是这么近。从来也没有想到，国内的一切，对我们是那么的重要。

还有我国内的老父亲，椎间盘手术过后，他恢复得怎么样了？每周一次的电话隔不断我的问候，但大海却让我不能及时回去服侍他。

这里是"日暮里"，是日本。我们闲聊着，这时候天空突然传来了刺耳的轰鸣声。那是日本自卫队的直升机，一共九架，正在编队飞行。常常是这样的，我们正在散步，飞机说来就来了。地上沉郁的日暮里，天上闪亮的战机，这是一种怪异的景观。我永远也不会习惯它。

这里是秋天的"日暮里"。晚风阵阵吹过,银杏零零落落地掉在地上。我们捡拾着银杏,天渐渐就黑了,后来又下起了小雨。夜来后,满天的风雨,吹得树林哗哗作响,也吹断了我的梦。依稀看见,我们在南师大的校园里捡银杏,儿子欢笑着捡了一捧,还要再捡时,学校派来收摘的工人喊住了我们,工人拖着麻袋,憨厚地笑着说,不能再捡了,再捡我们就不好向领导交代了……

清晨的"日暮里"洒满了银杏,朝阳下一片金黄。儿子大呼小叫地喊着,我们一起去拾银杏。日本的银杏是没有人捡的,他们不知道吃银杏(看来,我们倒不是什么都被日本人学了去)。很快,又有两个中国人加入了行列。他们是一对留学生恋人。我问他们,什么时候回国?那姑娘说,等毕业再说吧,你们呢?我说,快了,快了,我们下个月就回去!

2001.3

日本的乌鸦

去日本如果首站取道东京，那你首先踏上的就是成田机场。这是一个极为庞大广阔的空港，足以使那些曾经走南闯北的中国人不辨南北。幸亏身边有妻子引路，否则我不知要在里面转多久才能出来。那些汉字我虽说熟悉，但它们似是而非，并不能作为指路的路标，这提醒我，我现在是真正踏上了异邦。

然后我就见到了乌鸦。它们张着黑色的翅膀，三五成群，掠过我眼前的天空。它们很悠闲，嘎嘎地叫着，随意降落在树上和房顶上。正如东京属于日本人一样，东京也属于它们。乌鸦栖落在树上的样子很像是江苏水乡的鱼鹰，但我以前还从来没有真正见过这种鸟类，它们只在屏幕里飞过。东京的建筑并不像想象的那么高，除了新宿等繁华地段，摩天大楼并不很多，居民们住的大多是两层的日式洋房，再加上那些树，在城市生活的乌鸦们显然不缺乏休息翅膀的落脚点。日本很安静，日语也很安静，到日本半个月，我还从来没见过日本人大声说话，更不用说吵架，倒是那些乌鸦们很张扬地嘎嘎乱叫，令我想起电影里留仁丹胡子的日本人"八格八格"的骂声。

但我并不讨厌它们。我听不懂日语，但我能听懂它们的声音。至少它们在告诉我，它们活得很自在。没有废气粉尘和噪声侵扰的乌鸦是幸福的，能听到乌鸦叫声的居民也应该感到祥和，因为这种叫声提示着环境的洁净。也许我们可以说，鸟类繁花般的叫声其实也是人类幸福生活的基础。

乌鸦是东京鸟类乐园的主角，除了在迪士尼乐园见过很多与人共乐的鸭子，其他的鸟类倒是不多。后来到了宇都宫市，这才见到了更多的鸟。宇都宫离东京有两个小时的电车距离，人口只有40万，是个小城。宇都宫到处都是树，据说绝大多数是樱花，可惜我错过了它们的季节。我想象不出无数的鸟儿在如云似雾的樱花间穿梭的景象。特别是乌鸦，按照中国人的习俗，乌鸦是一种不祥的东西，我们很难把花和乌鸦联系在一起。但现在，我的阳台上，一只野鸽正歪头看着我，远处的樱花树上，两只乌鸦正嘎嘎大叫着。

我们一家居住的国际交流会馆很安静。在全天的大部分时间里，你看不见人，只能看见鸟。偶尔有谁家的孩子在草坪上嬉戏，他们的说话声在我听来也和鸟语差不多。我和日本人的交流主要靠妻子翻译。我说得不多，听他们说。奇怪的是，他们还从来没有向我提起过他们的鸟。有一次我忍不住，说起了在草坪上有一只麻雀向我儿子讨面包屑的事，那个日本人淡淡一笑也就过去了。也许在他们看来，人周围有很多鸟是天经地义的事，如果日本没有了鸟，他们才应该大发议论。我听说北京从前也有很多乌鸦,不知道这里的乌鸦是不是从那里飞过来的,如果是,我真希望它们以后什么时候再飞回北京。毕竟,两地的距离并不遥远。

1999.5

海底故事

大海广阔无垠。在湛蓝的大海深处,生活着无数的水族。水母、海马、鲸鱼、海豚,还有无数的生物。大海深不可测。大鱼吃小鱼,小鱼吃虾米,在无边无际的大海里,既充满快乐,也充满危险。大海深处杀机四伏。

在浩瀚的大海里,生活着一群小鱼……童话就这样开始了。

小红鱼生活在大海深处。它们体型瘦小,游动缓慢。它们成群结队地在大海里游弋,寻找食物,躲避敌害。在强手如林的大海里,它们是极易受到攻击又无力自保的一个种族。

一片红漫漫的小红鱼游过来了。一头虎鲨悄悄地跟在它们身后。小红鱼发现了危险,它们拼命地向前逃。突然前面出现了另一头鲨鱼,它巨大的嘴巴推动着漩涡席卷而来。可怜的小红鱼们四散逃命。等危险过后它们再次聚拢时,很多的兄弟姐妹已经永远回不来了。

小红鱼们伤心极了。

这时一条小黑鱼游了过来。它对小红鱼们说："大家不要哭，我们应该想想办法。"

小红鱼说："有什么办法呢？它们那么凶，那么大。"

小黑鱼说："不要怕。大家应该聚集起来。请大家听我的吧。"

小黑鱼围着庞大的小红鱼群游了一圈。它边游边说："我们都调整自己的位置吧，大家一起游，游成一头大鱼的形状。"小黑鱼在鱼群里穿行，然后停下来，"我就待在这个地方，我就做我们自己的大鱼的眼睛吧。"

小红鱼们听懂了它的话，都行动起来。片刻间，一头黑眼睛的大红鱼出现了。它硕大无朋，浑身红光，是大海里前所未有的大鱼。它黑黑的眼睛非常漂亮。

小黑鱼说："我们出发吧，到食物最丰富的地方去！"

大红鱼无声地在海底前进。远远地，虎鲨惊恐地游走了；大鲸鱼怔了一下，也转身逃远了。

从此以后——童话是这样结束的——从此以后，小红鱼们就在大海里，快乐地生活……

1999年，我在日本度过了一段情绪复杂的日子。我带着儿子，儿子带着他在中国的小学课本。儿子后来又在日本上了学。必须说明的是，上面的童话正是来自日本的小学课本，我并不是作者。作为一个中国读者，读完这则童话我感到震惊。我热爱汉语，所以在日本，儿子带去的中国课本也成了我的读物。但是坦率地说，我更喜欢这则童话。它是那么丰富。你可以看到忧患，可以看到团结的力量，也可以看到领袖和群体的关系，可能还有更多其他的东西。一个令人警惕，也令人钦佩的民族，也许就是这么养成的吧。

1997.3

进入靖国神社

靖国神社是东京一个很著名的地方,作为一个中国人,一个南京人,我对它绝无好感,但我觉得它有些神秘。每年日本的阁员们前去参拜靖国神社,都会在亚洲国家中激起一片谴责之声,但一任任阁员们还是要去,这是为什么?他们要么是自己想去,要么是不得不去。除了知道那里面供奉着东条英机等战犯的灵位,其他的我暂时还一无所知。在去靖国神社前,我已经为我这天的活动取好了名字,那就是"进入靖国神社"。日本的中学教科书已经把"侵略中国"改成了"进入中国",那今天,咱们也就"进入"它一回。不过我没带刀,也没带枪,口袋里有一些零钱,那是准备买饮料喝的。

从地图上看,靖国神社位于东京的市中心,离皇宫不远。我们下了地铁,首先向行人打听具体的走法。我们连问了几个年轻人,他们都说不清,害得我们走了一些冤枉路,显然他们不常去,甚至从来没有去过。对此我倒有些高兴。年轻人更熟悉去迪士尼或者银座的路，这是一件好事。

但靖国神社的气氛是令人震惊的。它阴郁、压抑，同时也非常嚣张。满眼都是松柏，到处都是樱花，虽然它们现在只是绿着，已是明日黄花，但你无法回避它们咄咄的气势。那些松柏上，棵棵都悬挂着一个小牌子，上面写着"中支远征军某某支队战友会敬植"之类的字样。不光是树，几乎所有的建筑或点缀上都赫赫悬挂着当年日本在世界各地的战败军队的番号。一块巨大的怪石，上面刻着两个鲜红的字：奉献。我站在那里有些发蒙，我呆在那里。脚下是绵延的碎石子，这令我想起了南京的"大屠杀遇难同胞纪念馆"，那里也铺着大片的卵石。我知道那些卵石象征着南京30万死难者的累累白骨，但是这里，这些碎石子，它们是什么意思？也许当年死了的"皇军"们是为国奉献了，但他们剥夺了别人，别人的家园和生命。儿子已经识字了，他问我"奉献"是什么意思。这似乎是个很简单的问题，但是在这里，我一时说不清。

我在这里看见了中国的石头。不仅有中国的，还有缅甸的，菲律宾的，澳大利亚的，等等，都是从"皇军"们当年"进入"过的地方带回来的。它们被分别摆在玻璃盒子里，旁边陈列的是那些"奉献者"当年使用过的武器。那块被标明是来自中国的石头，可能是太湖石，它玲珑剔透，有姿有态。我毫不怀疑它原先是摆在中国的某个园林里的，也许是拙政园。它确是中国石，不是赝品。"皇军"们当年从中国带回那么多的东西，区区一块石头，犯不着花力气去作假。

靖国神社已建造130年。为了周年纪念，神社内举办了一些活动。一排黑字悬挂在一座巨大的建筑上：战殁妇女生活物品展。我当然知道那是一个展览的招牌，但看过展览后，我更倾向于把它称作"幌子"。日本是个发达的商业社会，很多商业性的招牌其实很有艺术性，称"幌子"是委屈了，但这个展览的名称确实是个不折不扣的幌子。展览规模惊人，我没数清有多少展室。但除了第一间陈列着一顶日本妇女乘的轿子和一座早期房屋模型，其余所有的展厅完全与妇女无关，一律充斥着赤裸裸的血腥。战死士兵和将军的血衣、血书，被子弹击穿的水壶，证明"皇军"战功的照片，"肉弹三勇士"的誓师图，等等，精心地构筑了一座阴森的宫殿。妻子没有进去，儿子跟着我。他其实很害怕，但刚认识几个日本假名，忍不住到处乱看。突然他喊我，说他看到了一个"幽默"。我一看，原来是一面军旗，上面写着两个字：必胜。"胜"字是繁体，但他猜出来了，因为他觉得"幽默"。打败了，还"必胜"，他说日本人真幽默。我当时没有心思跟他多解释，看到最后，儿子自己不觉得幽默了，因为他在留言簿上看到了辱骂中国人的话。

很多中国人不愿到这个地方来。也有人来了，忍不住，在留言簿上留了言。"日本应该走和平发展的道路"，这是一个署名"中国人"的参观者的话。可这句话受到了两个粗鲁的夹攻：中国豚！支那狗种！"豚"就是猪，日本的猪肉就叫"豚肉"。儿子要把它撕掉，被我制止了。这些在留言簿上写"天皇皇军大元帅万岁"的人，用着中国字，骂着中国人，和那个用中国字写作的作家石原慎太郎做派一致。我真不知道他们到底要怎么样？

樱花是美丽的，但在此时此地，我就像讨厌那些锈迹斑斑的武器那样拒斥它。某一个展室的最后是一张日本宣布投降（他们叫终战）的第二天靖国神社的照片，一些人正伏地大哭。照片被一幅更大的樱花照片簇拥着，不知藏在哪里的喇叭播放的是那首著名的《樱花谣》。音乐反反复复，似乎永远没有终了。我知道还有很多地方我没有看，但我一分钟也不想再待了。展室里除了我和儿子，没有别人。我找到一个年轻的女工作人员，告诉她我要找出口，"EXIT"。不知为什么，她的手指向了下一个展室，那里面是飞机和大炮。我有些生气，再次告诉她，我要"OUT"，她这才指出了正确的路径。我希望那个小姐真的是水平有限，或者是得了幻听，把"EXIT"听成"NEXT"（下一个）了。

我没有"进入"正殿。我知道那里不但有东条英机的灵位，还有松井石根的。南京的中华门下曾经响过他胯下东洋马的铁蹄。据说被国际法庭绞死的四个甲级战犯的骨灰被某些日本人各偷了一点，埋在一个什么地方。那里和靖国神社一样，同样是日本右翼活动的据点。这也许还算是好事，如果那东西被遍地撒了，可能更令人担忧。我当然不应该夸大日本国内那种令人不快和忧虑的气氛，毕竟靖国神社是冷清的。偌大的一个地方，我们几个小时内，总共也就只见到一二十个日本人。更多的日本朋友是友善的。我衷心希望我在靖国神社的广场上看见的"战殁犬之像"永远不要变成"狼狗"而复活。它本应该像现在这样，被和平的日本妇女牵着，安静地走在它们自己的街上。

1999.6

日本的鼓与笛

不管你是初来乍到,还是浸润已久,在中国人眼里,日本存在着很多怪异和矛盾。譬如每年7、8月的"大祭",平时内敛含蓄的日本人,却充分表现出了他们狂野和彪悍的一面。那近乎赤裸的装束和满身的油汗,那粗野而又整齐的呐喊,那简单幼稚却又蕴含力度的动作,都会让第一次躬逢其盛的中国人感到震惊。最令人感到怪异的是"祭"的音乐,尖锐的笛子和沉郁的鼓声交织在一起,穿云裂帛,震撼天地。中国的民间音乐常常是十八般家伙一齐上,笛琴笙箫交响,锣鼓铙钹齐鸣;而"祭"的音乐则完全排除了和声,直冲云霄的笛子和震动大地的鼓魔鬼般交织在一起,把天地一股脑全部侵占了,让人无处躲藏。

日本的"祭"据说是为了祭祀天地或庆祝丰收,但我们今天看到的"祭"已经很难找到这样的痕迹。它很像是一种纯粹的仪式,一种集体意志的某种展示。而"祭"的音乐作为一种仪式的抽象或者精神,恰恰可以成为了解日本民族性格的一把钥匙。

只有在日本，只有日本人，才会把锐利的笛子和闷棍一样的鼓如此没有过渡的糅合在一起。耳朵里带着这样的音乐去看日本社会，你对很多的现象就不会感到吃惊：号称民主政治，却永远是自民党当家；说是言论自由，对很多事物却又大失偏颇地表现出舆论一律；对上司言听计从唯唯诺诺，对下属却常常打压挤兑；欧美人士在电车上高声谈笑被评价为"开朗豪放"，东亚人如此就成了"不懂规矩"；在办公室里西装革履循规蹈矩，下了班马上又钻到风月场所放浪形骸；拥有世界上最先进的厕所，男人们却时常随地小便……诸如此类的现象不胜枚举。但既然作为日本人心声的音乐都存在着尖锐的对立，他们的思维和行为呈现出如此风格也就不难理解了。

　　都知道日本人具有极端傲慢和极端自卑的双重性格，其实这种矛盾统一的双重性体现在日本社会的许多方面。和中国的"中庸之道"相比，日本人很容易走极端，典型的例证就是手里的屠刀劈不着别人，最后就索性捅到自己肚子里。樱花是日本人精神的象征，它们平庸地长了一年，轰一声就全开了，哗一下又全凋了，就像一片大火，它们由南向北从这个岛国上席卷而去，最终消失在太平洋里。还有日本的河流，河道狭窄，铺满顽石，平日里只是涓涓细水，一夜骤雨后，突然间就咆哮起来，仿佛要冲垮一切。从天人合一和潜移默化的角度看，集聚、爆发、毁灭，然后再次集聚，是一个生生不已的轮回。面对耸立在我们面前的在废墟上建立起的经济奇迹，再感受一下周围愈演愈烈的右倾气氛，我们不能不说，这样的轮回几乎已成为日本的宿命。日本很会"练气"，但同时，它也很容易走火入魔。

写到这里，我想起家乡过年的景象了。每年初一、十五，四乡八舍的舞狮、高跷、旱船、大头娃娃，都会云集城镇，那是一个人头攒动、锣鼓喧天、喜气洋洋的场面。那些浓妆艳抹、面貌滑稽的表演者都是平时从事五行八作的热心人，其中有些人算得上是身怀绝技。他们能把手里的道具玩得像泼风锣鼓，程式化的动作中常常穿插一些令人发噱的即兴发挥。那是家乡的狂欢节，热闹、混乱而又平和松弛。在那里，你不可能听到刺耳的笛声和攻心的鼓点。据说今年东京浅草的"大祭"有十万人参加，百万人观看，但我一想到那种音乐就头皮发紧。如果说那笛声是锋利的矛，那么轰隆隆的鼓声就是厚实的盾。那一天的浅草大街，很可能就像是一条矛与盾的洪流在涌动。

2002.3

太平洋边垂钓人

夜深、人静、浪潮涌。巨大的涛声撼天动地，震撼着我们的耳鼓，也震撼着我们的脚下的榻榻米。打开窗户，强劲的海风奔涌而来，一下子吹乱了我们的头发。我不得不眯起眼睛。展现在我变了形的视野中的，是星光下的太平洋。

没有月亮，几点孤星高挂在天上。黯淡的星光下，从防浪堤向大海延伸几百米的宽阔地带，遍布着无数不可名状的岩石。汹涌的海浪如万马奔腾般席卷而来，和拦路的礁石相撞，卷起千堆雪。礁石间的太平洋吼叫着，惊心动魄；而远处的海面则黑沉沉的，和夜色搅在一起，你看不见它的运动，只能感受到它的鼓荡；极目处，水天一色，一片混沌。

和温柔的沙滩不同，这不是可以让人亲近的海洋，它博大、暴躁而又傲慢，旷古至今，永远如此。放眼望去，此刻的洋面上看不见一丝灯火。这是风和浪的世界。在它面前，人极端渺小，也极端脆弱。多少有凌云之志的人，陡见大海，突感心灰意冷，无语凝噎。

我的目光散淡地掠过洋面。无意间,我看见不远处有一点灯光!一块礁石上,有一星灯火在闪烁!

那是什么?是航标吗?仔细辨别位置后我发现,那块礁石黄昏时我曾爬上去过,除了星星点点的贝类,上面一无所有。

我注视着那一星灯火,它一动不动。突然间灯火晃动起来,我看出了,那是一个人,一个垂钓的人,一个太平洋边的垂钓者。

这里是鸭川。位于日本本岛的东南端,它像一个小巧的犄角伸入太平洋。朋友高桥在鸭川有一幢别墅,应他之邀,我们一家到这里做客。我们黄昏时到达这里,稍事休息后我们就沿着海边悬崖而下,然后就爬上了那块礁石。那时候,这个钓鱼人还不在那里。他是什么时候出现的呢?

这一夜我几乎没有入睡。高桥先生晚饭后就驱车回去了。临走时他告诉我们,窗户正对的就是东方。为了看日出,我隔不多久就起来看看,生怕错过了时间。每一次我都能看到那个钓鱼人,还有他的灯光,直到天明。

我们终于没有能看到日出。不是错过了时间,而是远处的一带远山恰巧挡住了初升的朝阳。我们一家都有点沮丧。

天在不经意间就完全亮了,霞光万道。朝阳下的太平洋依然汹涌。这时候我已经可以清楚地看见那个钓鱼人挥动鱼竿的身影。在礁石和巨浪的映衬下,在云水之间,他显得那么渺小。

这是太平洋的早晨,我们不愿待在别墅里。我们走下悬崖,在乱石和灌木中择路而行。浪花很快就打湿了我们的双腿。不一会儿，我们就爬上了钓鱼人所在的那块礁石。

这是一个中年人，面孔黧黑。那盏亮了一夜的灯此刻躺在礁石顶上，旁边是用来盛鱼的塑料桶，还有其他说不出名来的钓鱼装备。从他熟练的动作可以看出，他是一个"老渔夫"。见有人上来，钓鱼人显得很高兴，他热情地向我们问好，精神矍铄，丝毫不见熬夜的疲劳。儿子好奇地打开他的塑料桶，我凑过去一看：里面只有几条一掌长的小鱼。它们色彩斑斓，可是，确实是太小了。

这里是太平洋，大洋里，什么样的大鱼没有啊。

我看看钓鱼人，但是我没有看到一丝失望。他兴致勃勃地向我们介绍那几条鱼的名称，没有沮丧，也不见疲倦。他用的是手竿，这几乎注定了他既不会钓到多少鱼，也钓不到大鱼。但我在心里猜测，只要有空暇，他以后还会再来，虽然他知道，他的塑料桶里，依然只会有几条小鱼。

太阳已经升得很高了。穿出乌云的霞光也已远离了洋面。在这浩瀚的太平洋上，人是渺小的，但是人依然可以快乐。也许欲望就像是海，永远无法满足，但是小小的快乐，也就可以支撑我们终其一生了。譬如今天，我们没有看到海上日出，但我们毕竟看到了太平洋的朝阳。

2001.6

干吧——累

目前我所懂的日语很有限。"八格牙鲁"是以前从电影里学的,到日本后却用不上:我既没有见过日本人吵架,自己也不需要去骂人。有一句话我倒是学会了,那就是日语的"加油"。用假名写下来你我都看不懂,但是它的发音很有趣,就是汉语的"干吧——累"。

这是一个高节奏运转的社会。几乎所有人都在勤奋地工作,都在"干"。东京有1000多万人口,是个超大型的都市,但在白天的工作时间,你在大街上看不到东游西逛的成年男人,他们都在各个会社里上班;有很多妇女在购物,那是因为日本的已婚妇女大多不工作。每个有职业的人都是一部高速运行的机器,因为没有一个老板会去养一个闲人,哪怕你再会巧言令色。失业是可怕的,因为这无疑意味着你将在一个富裕的社会里过贫困的生活。在东京的地铁或电车站台,每天清晨,你都可以看见一幅令人震惊的景象。无数的上班族沿着他们日复一日的路线救火似的赶着路，杂沓的足音在地面和天花板间轰响；没有人驻足，没有人说话，所有人都急于踏上他们既定的班车，仿佛站台马上就要沉陷。因为交通设施发达和管理的高效，上班高峰时的站台忙碌而不混乱。但那种气氛是感染人的，它甚至可以让一个天性闲散的人，一下子紧张起来，奔向自己的工作岗位。

从日本人生活的高节奏，我们可以找到日本经济发展的一些秘密。从国内来到日本，你会立即惊叹于这里极其繁荣的物质。仅就电器来说，高清晰度彩电、液晶壁挂式彩电正在推向家庭，可录式的便携激光唱机已经成为年轻人的新宠，各式精巧实用的厨房用品肯定会令主妇们心仪不已。这些都是很容易得到的，几小时或是个把月的工资就会让你满足愿望。而另外一些东西，譬如住房，那就要消耗你十年，甚至几十年的劳动。每个辛勤工作的人都直接或间接地参与制造着这些东西，他们很辛苦地干着，然后得到它们，所以他们越来越富足；他们生产的产品领先于其他国家，所以他们的社会也就越来越富裕。

干吧，不干你就得不到，可是干，也真是累。下班时间的电车是日本人每天工作时间的延伸。加班是经常性的，而且是自愿的。下班后很多人会去酒馆喝酒，以洗去一天的疲劳。一直到夜里十一点左右，车厢里到处都可以看见疲惫不堪倚在车座上睡着的人。那些拼命干着的人，并不认为他们有多苦，工作已经成为他们的习惯。宇都宫大学的水谷正一教授每天都在研究室工作到晚上八点以后，虽说教授在日本属于终身职业而且收入很高，但他一天也歇不下来。在这里，劳动也已成为绝大多数人的一种品质。

日本人活得是很累的。在东京的电车站台上，我们也可以看到另一类人，他们是流浪汉。枕一个行囊，塞一对耳机，躺在地上，他们淡淡地看着身旁行色匆匆的人。他们是日本社会的旁观者，也许有一些还是真正的哲学家。但对绝大多数日本人来说，你对他说一句"干吧——累"，他不会听成是对他们生活的慨叹或抱怨，他只会"加油"，他的脚步会更快。

1999.6

日本的孩子们

日本的孩子长得不如中国小孩漂亮，眼睛一般比较小，皮肤也较黑：小眼睛是天生的，黑皮肤却不是，那是晒出来的。户外活动是他们生活的重要内容，这使他们一个个看上去都挺壮实。我的孩子在国内上学时是个小皮孩，是学校小足球队的守门员，自以为很厉害，但到了日本，却发现他算是差劲的。和他年龄相当的日本孩子可以连续颠球几十个，他却连数都数不起来——几下就掉地上了。他很不服气，就说自己数学比他们好，他们二年级才学两位数的加减法，太简单了！

他说得不错。日本的小学课程比我们简单，教学气氛也比我们宽松。我陪孩子上过两天课，在我看来，他们二年级的课堂教育和国内幼儿园大班很类似。每班只有一个老师，所有课程全包。这看上去很辛苦，其实也不尽然，因为一天只有四节课：上午两节，下午两节。学生上课时可以自由发言，随时可以出去喝水，上厕所。这和日本的成年人上班和开会时的情景完全不同。

他们在工作时是绝对严格的。

但是,日本的成年人也是由小孩子长成的呀。孩提时代无疑是他们素质养成的基础阶段。那么,他们在学校里,究竟学到了什么?

他们学到的是纪律,是与他人相处的规则。这是他们学习的主要内容。因为他们是孩子,所以上课要小便和喝水可以得到宽容,也因为他们正在成长,所以必须为日后走上社会做好素质准备。

早上上学,家长不送。居住相邻的孩子们排队到校。队伍前面的是一个高年级的学生,他担任"领导",其他人都要听他的话,借此培养孩子的集体精神。孩子们在学校平等相处,聪明、漂亮、强壮、富裕等等,都不能成为欺负别人的理由,否则老师会给予严格的处罚,譬如罚站;在老师眼里,每个孩子都是平等的,老师绝不势利眼。小学生中午在学校吃饭,不许挑肥拣瘦,碗里吃完才可以再添;吃饭时间为一小时,端起碗来时要说一句"我吃饭了",吃完了要说"我吃饱了";吃完了也不许先走,等大家一起离开饭桌。营养是足够的,学校的食谱早就制定好,标明营养成分,带给了家长。

学校带给家长的信件很多。我孩子才上了二十天的学,我已经收到了十几张。每个孩子备有一个联络本,类似于日记,学生放学前由同学们向他提意见,写在黑板上,向全体公布,并由他自己抄回家带给父母。如果问题较严重,老师会写上教育建议,一并带回。我所收到的十多张由校长签发的信,包括很多内容,有孩子的健康体检书,小孩的食谱和胃口,小孩在学校图书馆的借书记录，也有小孩表现出的不良倾向：他在上学的路上向同学扔石子，被同学报告了。老师的措辞很客气，说她很"为难"。我们按日本小学的习惯，在严厉地教育了儿子后，签上"谢谢老师"，让孩子第二天带回学校。

日本是个成熟的社会，孩子的教育也有成熟和稳定的一套规范。孩子们在校园以外的活动天地也非常大。除了交通方便的大型公园、各类免费或收费极其低廉的博物馆，还有无数星罗棋布的小游戏园，活动设施都相当于国内普通幼儿园，出入自由。孩子们步行时间不超过五分钟都可以找到地方玩。日本很富裕，但这一点你从小孩子身上看不出，因为他们都穿得很简单。除了最寒冷的严冬，不论男女，他们一律都只穿短裤和短袖衫，这样反而倒很少生病。显然，健康也是社会赠予孩子受益终身的一件礼物。

我对日本社会的很多方面都颇有微词，但我喜欢日本的孩子。每天的早晨和下午，你都会在街上不断遇见他们小小的队伍。那一连串的"早上好！""您好！"如鸟语婉转，令你感到愉快。

1999.6

去市役所办事

初到日本,当地华人朋友给我们安排的一个参观项目是去市役所。这是一个令人费解的安排,因为我是以私人身份到这里来的,并无公务考察的打算。虽然他很热情,但我还是谢绝了。后来因为要办外国人登记和小孩入学手续,我还是去了一趟。

所谓"市役所"其实就是市政府。宇都宫市役所是一栋十几层高的大楼,各层楼上分布着市行政的所有部门。和我印象中市政府应有的格局不同,市役所并无站岗的卫兵,一进一楼大厅,首先一个曲形柜台,里面是一个笑容可掬的小姐,她的任务是给前来办事的市民当导引。大厅的墙上,标示着各个部门的位置和通道,包括哪里有厕所,哪里是电梯。我们要打交道的外国人登记处和教育局分别位于一楼和十一楼,它们的工作范围不同,但格局完全一样,都是一个宽阔的大厅,长长的柜台后面由一些小隔断将其分为前后相承的流水线。工作人员一律西装革履,笑容可掬。那天我们去得较迟,等办完外国人登记再去教育局，递上手续，已经到了五点半，他们的下班时间。我原以为要第二天再来了，不承想与我们手续有关的几个工作人员都主动留了下来，一直帮我们把所有手续办好。在我看来，这里的效率是较高的。

他们在办事，我带着小孩坐在大厅的长椅上。小孩实在是调皮。大厅供市民休息的区域分布着免费的饮水机和可以随意取阅的各类办事指南，小孩四处试用，拿来一大堆资料，叠成纸飞机在大厅里乱飞。他把这个地方当成了他游戏的乐园，也许还以为他是这个大楼的主人，但我清醒地知道我们其实是外国人。我不希望他的顽皮引来管理人员的干预。事实上我的担心是多余的。就在我努力把孩子拽到身边，勒令他不许乱动的时候，长椅前的电视机前不知从哪里冒出了一个流浪汉。他衣衫不整，蓬头垢面，先是打开烟蒂桶找一个烟屁股点上，然后把他的近视眼几乎是贴在电视机上观看。电视里播放的是相扑节目。他这么一来，其他的观众就看不成了，除了他的一头脏头发。那些被妨碍的人很不满，但都没有出面指责，有些人摇摇头就走开了，不知是不是怕他手上的那根棍子。这时来了一个警察，也许是保安，他注意到这边的情况，走过来，观察着流浪汉的举动。我认为他应该把此人驱逐出去，可是他没有。流浪汉也很知趣，看到来了管事的，马上慢腾腾走开去，找个位子躺下了。一场我期待的"好戏"最终就这样没有看成。小孩子也是会察言观色的，后面他皮得更厉害，毫无忌惮，我也省心，懒得再去管他了。

我不知道那个流浪汉来市役所大厅干什么，想来他不工作，也不会是纳税人，在我看来他实在有些讨厌，理应属于"严打"，至少也属于遣返对象，市役所对他实在是过于客气了。日本社会的很多景观我目前还不习惯，但我对市役所总体印象不坏。我不知道英文的那个我们翻译成"政府"的单词原来的含义是什么，但日文不需要翻译，它就叫"市役所"，是个为市民服役的地方，在这个地方工作的人就叫公务员。

我和妻子的日本同学谈起我对市役所的看法，当然有赞扬。不想他的看法和我不甚一致。他说市民们现在对市役所的高楼大厦非常关注，日本正面临经济衰退，市政当局凭什么住那么豪华的楼房？还有冗员，都是需要改进的。他说，日本社会的很多方面都不能尽如人意，特别是现在。我想他说得有道理，毕竟我是个外人。

1999.6

百合头

百合头是一种青菜，主产于苏北里下河地区。它个矮、叶厚，稍炒即熟，熟而不黄，味道鲜美。很多地方的青菜长得很漂亮，青翠壮硕，但是不好吃；还有一个坏毛病，就是好像知道自己长得好看，比较自恋，炒个半天也不熟。殊不知蔬菜不是鲜花，身为青菜就是让人下锅的，没有谁会买把青菜供在家里，哪怕他是神农氏。我吃过不少地方的青菜，就乐人口腹的本分而言，没有哪个比得上百合头。

在南京生活多年，常常很惦念百合头。每年回苏北探亲，母亲问我想吃什么，我都是说：青菜。在苏北老家，青菜就是百合头。另外的可称为青菜也还有，但那是腌菜，没有人会把腌菜买回家吃。青菜烧肉、青菜炒百叶、青菜豆腐汤，哪怕就是青菜单炒，百合头本身就是味精，这一点真可谓天生丽质。老家既已有了百合头，其他的青菜就没有立锥之地了。因为长了也白长，没有人去吃它，连腌菜都不如。但遗憾的是，据说百合头也只能长于里下河地区,把它的菜籽带到其他地方,种了也白种,因为只要尝过那长出来的东西,连种菜的自己都不好意思说他的菜还是百合头。

后来我到了日本,只能去吃日本的青菜。卖菜的商店是漂亮的,服务态度那是没挑的,青菜的包装也精致,只是菜吃到嘴里让人皱眉。日本人很多事都办得很像样,但种菜这件事他们看来还是不行。日本的气候和中国相近,土质也看不出差别,想来想去是它们的种子不行。想来我弄点中国的百合头来种种,一定也能让他们大叫:"死高咿!(厉害)"

半个月后种子寄来了。一个方便面里包佐料的小袋子,大概包了百十粒。我带着儿子在楼前草地上用小孩子玩沙堆的小铲子挖了约莫两平方米的地,小心翼翼地播种、浇水。水浇好了,心里也计划好了,送亲戚几棵,送朋友几棵,那个隔壁的老先生更不能忘了,他是农学专家,说不定吃过日本所有种类的青菜,有比较才更有鉴别。他的赞叹才真正让人长脸。

以后的日子我有了事做,那就是天天去看菜。百合头它长得好慢啊!因为环保,日本没有人打灭蚊剂,蚊子很厉害,我天天去看菜,腿上的疙瘩起了一茬又一茬,可我的百合头只那一茬,还只长了一点点。

好不容易,它们长高了,长大了,我看看,却好像不大对劲。皱巴巴的,毛刺刺的,有点稀奇古怪。这哪里是百合头呢?倒像是什么刺头啊。

耐心我是有的,时间我也不缺。水我还是天天浇,女大还十八变呢。没准它们哪天夜里突然变上一变呢?百合头到了日本也不可能变成妖怪啊。事实却无情地证明了我的失败，一个月后，我只能蹲在已经长得几寸高的"百合头"前苦笑，面对儿子的追问，我只能跟他讲些淮南淮北，橘啊枳啊的前人教训，心里恨不能拔一棵带回中国去，做个亲子鉴定。最后的结果是全拔了，送给儿子喂兔子。兔子叼一根尝个鲜，就不肯再吃，宁可去吃草。

和父母亲通电话，他们告诉我，同一拨的菜籽，老家院子里的百合头已经长得吃不完了。万想不到，小小百合头，倒有一颗中国心。看来要吃真正的百合头我只能回国去吃，回家去吃。值得庆幸的是，幸亏没有提前向农学家吹嘘我们的青菜如何如何，否则，百合头的中国心倒真要让我这个中国人丢一回颜面了。

1999.7

归化与永住

在日本客居多年的中国人，一般都面临着两种选择，留下来，或者回国。独在异乡为异客的感觉无疑不好，从根本上来说，绝大多数人或迟或早都要回去；但留下来的理由也很充分，较高的收入、清洁的环境、现代化的交通设施和完善的社会服务系统等等，很多方面都令人留恋，而且在国内也确实一时无法得到。在日本的华人圈中，"归化"和"永住"是两个可以经常听到的词汇。

所谓"永住"，就是以外国人身份长期合法居住日本的权利，这可以免去每年的签证之累，在两国间自由往返；而"归化"，就是改变国籍，变成日本人。根据日本政府的规定，申请"永住"需要在日本合法居住十年以上，申请时还必须有稳定的工作，在经济衰退中的日本，这并不容易。相比之下，"归化"的条件则要宽松得多。这看似不合情理，其实自有它的道理。你入籍了，他就好管你，而"永住"的外国人，管理起来就不那么方便了。

"归化"是个令人反感的词。虽然有华文报纸载文说,"归化"其实翻译成中文就是"入籍",但我和很多中国人一样,对这个词保持着警惕。从字面上看,"归化"差不多就是投降,至少也要算是投奔。他们为什么要用这两个字?日本从中国学到的东西实在是太多了,仅就语言来说,很多字、词不光和中文写法一样,发音也很类似,譬如"电话""椅子",有些词虽说发音不同,但你一看就懂,譬如"水利""流域"等等,可"归化"这个很重要的词,他们就没有从中国"拿来"。我把这理解成一种故意。日语在我看来完全是由汉语脱胎而来,在这个过程中,我认为没有多少创造,更多的是沿袭。我在东京迪士尼乐园看过一部介绍日本历史的电影,在介绍(他们叫"绍介")到日本语言时,解说人很有些遮遮掩掩,他说日本有某个伟大的皇子,到中国学会了汉字,然后将其发展,出现草书,再从草书创造出假名和片假名。我哑然失笑。这显然不是一种实事求是的说法。我知道日本的普通人原本没有名字,后来上面下了命令,人人必须取名,大家这才在家门口现找现用地取了一些我们今天见惯了的日本姓氏,松下、村井、西川、田中等等。我只知道"松下们"是造电器的。

语言是交流的工具,语言同时也可能是一种有意无意的障碍。日文中的很多字看上去似是而非,譬如"绝对",那个"对"字的"又"上面被加了一点,总让人别扭。日本人现在还在继续学习汉字,不少简化字已经被他们吸收进来了,但这个别扭的"对"字,并不符合简化的原则。我认为这是日本语的"发明"

史中一个故意增加障碍的遗迹。日本人的性格很奇怪,是自谦和自大的混合体。所以你要入籍,那就要接收"归化"。

  选择国籍当然是个人的权利,但我可以不接收归化;过于死抠某些字眼也许有些小家子气了,但要我在屋檐下低头,我就可以不进去。很多中国人选择了申请"永住",而不是"归化",我理解他们的选择。

2002.3

上　学

儿子随我们一起来了日本。在东京我们有不少亲戚和同学，在我们寓住的宇都宫大学国际交流会馆，周围也有不少中国人。儿子和他们相处，毫无隔膜。他说他没感觉到是出了国，就好像是到了上海。这不好，让我担忧。既然来了，他就应该走出去，虽说我们最终要回国，但他应该多了解外界。我和妻子商量了，决定让他上学去。

在日本上学手续很简单。第一天，我们到市役所（相当于国内的市政府）登记，公务员立即就按照我们的住址，就近选定了石井小学。第二天我们到学校，校长已经等在办公室了。那是一个很干练的中年女性，她告诉我们说他们已经接到了市役所的通知，有一个中国小孩将要来插班报到，她已经安排好了。然后她就请来了班主任，让孩子和老师见面。儿子所在班的老师叫鉴物康代，是个二十多岁的姑娘。她随身带来了儿子的教材和课程表。一切都很简练，只是过多的敬语和鞠躬让我有点受不了。

校长办公室有一张学区地图,上面明确地标示着全校学生上学的路径。校长很快就给我儿子指定了上学的道路和结伴的同学。儿子上二年级,在国内他每天都需要接送,但在日本,没有家长送孩子上学,这已经变成了全社会的责任。第一天我不放心,跟着儿子一起步行去学校。第二天我就不再送了,他确实很安全。排队上学的孩子人人戴着一顶"通学帽",男生是蓝色,女生为红色,很醒目。一路上各个交叉路口都有一个妇女,拿着一面写着"横断中"字样小旗保护着孩子们过马路。街上所有路过的汽车都在孩子们面前缓缓地行驶。大家都曾经被这样呵护过,现在他们长大了,当然也应该这样去呵护他们的下一辈。早晨我在阳台上看着儿子在底下排队,看着远近的路口那一面面橘黄色的小旗,心里就觉得很安心。

日本也实行九年义务教育。儿子在石井小学上学,教材是免费的,也不用交学费。中午在学校吃中饭,下午三点左右他就回来了。石井小学毗邻国际交流会馆,学校里有好几个外国小孩,不过他们都不是中国人,也不和儿子同班。学校专门给儿子安排了一个懂中文的日语教师,每周上一下午课。为了让孩子尽快熟悉环境,妻子有时间就去坐在教室里,给儿子当翻译。

石井小学的教学条件很好,很干净,师生们进教学楼都要先换鞋。教室里有电视和风琴,校园里有一个标准的足球场。和国内不同的是,这儿的每个班只有一个老师,全天所有的课程都由一个人包办。老师对学生很关心,每天点名的时候,老师喊"某某先生"(小姐也是一样的词),学生除了回答"到",还要回答"我很好",或哪里不好,老师记录在案,好特意关照。

儿子在这里上学很快活，因为这里玩的东西多，花样多，但我心有隐忧：他们的课程难度实在是太低了！二年级才学两位数的加减法，比起国内，那顶多也就是一年级的水平。他们这是西方式的教育，以玩为主，在玩中学习生活规范和与他人相处的能力，这是挺好，可我的孩子将来是要回国的呀！他以后怎么跟得上呢？考虑再三后，我把带到日本的中国小学教材拿出来了，反正儿子三点钟左右就放学了。现在我正在学习当一个合格的小学教师。

1999.5

月缺月圆

中秋节,月光非常好。夜里一点多时,月食出现了。我一个人站在阳台上,看完了从"月既"到"生光"的全过程。这是一个团圆的日子。很多人吃了月饼,但我没有。我的妻子和孩子又和我分离了。暑假里,妻子从日本回国探亲,我们全家有过一次短暂的团圆。

妻子早就计划回国度假,但由于学业紧张,行期一拖再拖。后来终于确定了日期,说好了,我先回老家把儿子接到南京,然后在南京等她。

等待的心情兴奋而不安。11号强台风不期而至,所到之处摧屋拔树,电视里充斥着台风肆虐的报道。我关心天气,关心交通,这种惶惶的心情连五岁的儿子都看出来了。他问我,爸爸,你有心事,对不对?我说是的,爸爸有心事。所幸,台风终于过去了。妻子的归期也临近了。妻子在异国他乡很不容易,她说她最担心的就是儿子和她的感情,儿子才五岁,她倒有两年半不在他身边，她担心儿子和她不亲。作为父亲和丈夫，我也隐隐有这样的担心。我问儿子，你还记得妈妈吗？儿子老实说：我不记得了。我奇怪：妈妈不是有录像吗？不还有照片吗？儿子说：我就是想不起来嘛，那又不是真的！这真是让我有点着急。那一天，正好有个外地的文友来南京看我，她是个二十出头的姑娘，很喜欢我的儿子。突然我对儿子说：我问你，她是妈妈吗？儿子害羞地看看她，很有把握地说：她不是。我问：为什么呢？儿子想了想说：我妈妈9月3日才回来，她怎么9月2日就来啦？这样的回答令人忍俊不禁，但我的心里沉甸甸的。

9月3日，下午三点，我知道妻子已经降落在上海了。上海会有朋友去接她。然后她就会登上宁沪高速公路的"快鹿"班车，如果顺利，她六点左右就会到达南京站。我和儿子去接她。车站人流如潮，我牵着儿子在人群里四处张望。一辆辆车到了站，但里面没有妻子的身影。我眼睛近视，担心错过她。我问儿子：妈妈到了你会认出她来吗？儿子这时倒说：我当然能认出来，我想不起她的样子，但我一比，我就能把妈妈挑出来了。儿子一直东张西望，但我知道小孩子是靠不住的，人那么多，他还那么矮小，他能看见什么呢？到了晚上八点，我生怕妻子已经被我们错过，她先回了家又没有钥匙，就急匆匆地上了一辆出租车，回家了。

门外没有人。妻子还没有回来。我刚打开门，电话响了。是妻子的电话。她的车在路上抛了锚，耽误了时间。她说，你带着儿子不方便，我自己回来吧。

儿子明显地兴奋起来。在楼下等待的时间里，他一直不安分地跑来跑去。我们的宿舍大院正在施工，一连串暗淡的红灯挂成一条线，照在伸向远处的大路上。工地此时已经沉寂下来，我照应着儿子，提醒他不要乱跑。那是个无月的夜晚，我担心凌乱的砖瓦碰着儿子。儿子抬头看看我，我看到他的脸上除了期待和兴奋，似乎还有一丝羞涩，一丝惶惑。毕竟，妈妈已经离开他一年多了。他见到妈妈会怎么样呢？即将到来的将会是一个生硬的见面吗？我不知道。就在这时，我听到了妻子远远的呼喊，看到了她纤细的身影。

儿子愣了一下，我也有些慌乱。我蹲下身想对儿子叮嘱一点什么，但没等我开口，儿子已经像离弦的箭那样冲了出去！他喊着：妈妈！妈妈！

妻子看到了那个幽暗的光线下细小的身影。她扔下手中的包，张开双臂迎了上来。等我在后面赶到，母子俩已经紧紧地拥在了一起。儿子抱着妻子，一句话也不说。妻子在低声饮泣。我站在一旁，担心工棚里的民工看到这一幕，提醒他们说：我们还是先回家吧。

我放了心，不光为了妻子的平安归来，还因为儿子和妻子还是那么亲。妈妈仍然是妈妈，儿子仍然是儿子。这一点，时间和空间无法改变。亲情其实是一种本能，而本能的力量是无与伦比的。负笈他乡的妻子，还有无数远游异乡的游子，永远可以对此放心……

月缺总有月圆时。

2001.7

儿子说话

回想儿子学说话的过程，觉得很有意思。

儿子小名珠珠，自从他一出生，盼着他说话，注意他的吐字发音，就成了妻子的日常工作。记得他刚从产房被抱出的时候，躺在小小的襁褓里，眯着眼，小嘴四处乱张。我看了，吃惊不小，问我妈妈说：怎么搞的，他在肚子里还没有睡够啊，怎么一出娘胎就打瞌睡？我妈"扑哧"笑了出来，说：什么呀！他哪儿是在打瞌睡，他这是在找妈妈的奶头！倒把我弄了个大红脸。或许，这就是所谓的"人体语言"吧，可是这样的"语言"，没有育儿经验的人确实难以领会。

儿子终于会发音了。开始的时候是"呀呀"乱叫，后来有了规律：Mama，Mama！叫个不停。妻子惊喜交加，又蹦又跳：天啦，我儿子会说话了，而且先会叫我！起先我也很高兴，后来发现不对了。我对妻子说：你看他这是会说话吗？见了爷爷也是妈妈，见了奶奶也是妈妈！——他这是会发音，还不能算是会说话。妻子不服气，问：那你说什么才叫会说话？我说：他要是能用语言表达思想了，那他就是学会说话了。

儿子会跌跌撞撞地走路了，但以我的标准看，他还不会说话。后来他当然是学会了说话，没想到的是，他一开口，却吓了我们一跳。那天我们带他去幼儿园玩，玩他最喜欢的滑梯。他爬上滑下，忙得兴高采烈，小脸通红。他穿着开裆裤，往滑梯上爬时，小屁股一扇一扇的，很是滑稽。当时小孩子很多，每个小孩爬到顶上，都急急忙忙地往下滑。轮到珠珠了。他身子一蹲，"哧溜"滑了下去。不想光着的屁股摩擦力太大，滑到半道他就滑不下去了。这时后面的小孩已经滑了下来，儿子又急又怕，突然脱口叫了出来：屁股！屁股！捧腹大笑之后，我宣布，我的儿子会说话了。

会说话的儿子比以前更加可爱。他说起话来简明扼要，直截了当。要喝水了，说：水；喝一口，舌头一伸：烫！有一段时间，他对门外的电铃发生了兴趣，有事没事喜欢去按一按。有一次，儿子跑过来对我说：爸爸，"笛拉"坏了。我一愣，什么"笛拉"？他把我拽过去，手往上一指，我才恍然大悟：原来"笛拉"就是电铃。不过想想也是，连大人们都要用象声词，小孩子词不够，也只好自己发明了。

儿子的语言日渐丰富，但天真朴实、直截了当的特点并未改变。因为他妈妈出国，我一个人没法带他，只好先让他在老家上一年级。据他爷爷奶奶讲，儿子的成绩很不错。我的心里很是高兴。期中考试过后，我给他打了个电话。我问他：珠珠，你考了第几名啊？儿子说：第二，不过马上就要第一了。我忍住笑道：什么时候

第一呢？儿子回答：我怎么知道啊？我好奇道：为什么不知道呢？儿子说：我又不知道老师什么时候考，他一考，我就第一了。

  按照我们成人的规则，儿子的话显然"不够成熟"。但我并没有批评儿子。这不光是因为心疼他，还因为作为一个生活在都市里的男人，我不得不整日面对化了浓妆、身着迷彩服的语言；我不光要听，有时也不得不说。对这些，老实讲，我实在是有些腻了。

1997.12

做父亲的乐趣

为人父母，首先是一种责任，但在终日的辛劳当中，却也有无穷的乐趣。

在这个世界上，很多事物都有一个公认的标准，所以我们可以评出"省优""部优"，但如果有十对父母，让他们投票选出一个最可爱的孩子，那我相信每个孩子都会得到他父母亲的一票：哪个父母不认为自己的孩子是天下最可爱的呢？

我的儿子今年五岁半。他还没有出生，我就把他的名字取好了：珠珠，他确实也是我们一家人的掌上之珠。他是个天性活泼的孩子，爱唱、爱跳、爱说话。今年暑假时，他和我一起在家里唱"卡拉OK"，唱的是《白天不懂夜的黑》。我喜欢这支歌，旋律好，词也好。儿子拿着话筒，唱得很像那么回事儿。有一句歌词是这样的：我们仍坚持各自等在原地，把彼此站成两个世界。我唱得很投入。在唱的间隙，我看看儿子，我发现儿子每逢唱到这个地方，都会朝我笑笑，有一丝羞涩，有一丝迷惑，表情非常奇怪。我不解，等唱完了，我问他：珠珠，你笑什么呢？他说：爸爸，人家怎么会这样写呢？"把鼻子站成两个世界"，鼻子怎么站啊？我一愣，立即笑得直不起腰来。

这样的事情，再善于虚构的小说家也编不出来。有一天，他对我的寻呼机发生了兴趣，要我给他戴一戴。他别上我的寻呼机，链子拖得老长。他在我的办公室里走来走去，一会儿就跑过来问我：爸爸，为什么没人呼我呢？同事见了，觉得他好玩，有心逗他一下，就跑到另外一个办公室悄悄CALL了我的寻呼机。儿子身上的寻呼机突然响了，他吓了一跳，飞快地跑到我身边来问：爸爸，有人呼我，我怎么办？我告诉他，按一下那个黑键，然后照着上面的号码回个电话，就知道谁找你了。儿子兴冲冲地跑到墙角的电话那儿，认认真真地拨号。我们都饶有兴趣地看着他。突然，他把电话往下一扔，慌慌张张地跑过来说：不好了，有外国人呼我！爸爸你快去！我也奇怪，拿起电话一听，原来那边的电话正好有人用着，里面的是英语的语音提示：The number you are calling is busy now……谁也没想到是这么回事，办公室里立即哄堂大笑。

这样的趣事实在太多，相信每个细心的父母都能够如数家珍地说上一大串。带孩子是辛苦，然而这是生命给我们最好的馈赠。我们都是芸芸众生中的普通人，都是小人物，但有一个人却认为你是这个世界上最重要的，唯一的，他依恋你，依靠你，这是真正诚挚的感情。我的妻子现在国外，出国以前，她为了带这个孩子吃了不少苦，有一次她开玩笑似的对我说：他真是太皮了，我真恨不能把他再塞回肚子里去！这一次她回国探亲，儿子跟她非常亲。我问她还记不记得自己说过的这句话，她虚起眼睛做回忆状：我说过这样的话吗？又认真地对我说：跟你商量个事，你马上要到东京探亲了，我们在那儿再生一个吧，怎么样？儿子在旁边，正好听见了，他兴高采烈地插话说：太好了，我要一个妹妹！我瞪起眼睛说：你想得美！

2001.7

美丽江苏好水色

这几年出现了一个流行语：诗与远方。意思是，眼前多有苟且，而诗在远方。这句话蛊惑了很多人，都恨不得逃离眼下的生活，来一场"说走就走的旅行"。可我对这个不以为然。旅游当然是好的，但身在江苏，我不认为诗在远方。江苏如诗如画，江苏就是诗。

诗是韵律，诗是美。在我眼里，江苏是最美的地方。有别于大漠旷野，千山万壑，江苏美如好女，清爽干净，有韵致。江苏的美如时光流水，平静、绵长而又日常。江苏宜居，滋养着我们的成长。

我是土生土长的江苏人，具体说，是苏中泰州人，"板桥故里"。那里是我的衣胞之地。从记事开始，所有关于童年的回忆里几乎都有水。据说，我七个月就会说话，早得令人不敢相信，连我自己都觉得是长辈吹牛。但一个标志性的事情虽稍晚一点，却真的证实了我说话早。我是整个家族这一辈中最大的男孩，姑姑们大概以逗我为乐。晚上，家里人经常抱着我，指着面前的罩子灯说：灯！我学着说：灯。这当然不能算会说话，只算是会发音。可是有一天，我会说话了。祖居的小楼前有一条河，河上有座石桥，叫"中大桥"。1964年中秋的晚上，母亲抱着我到桥上玩。桥上好月色，明月如玉盘。我被抱在怀里，突然一指月亮说：灯！众人大喜——这孩子，确实是会说话了。我出生于1963年11月，第二年中秋，我才十个月。

不能说我在桥上学会说话，但正是在桥上，我用认不清灯和月亮的错误证明了我已经会说话。其时，桥下桨声欸乃，波光粼粼。

苏中平原的里下河地区，河汊交织，水路成网。小时候交通不便，短路基本靠走，出远门则基本靠橹。从父母工作的地方到老家小镇，二十五里，小孩子走不动，父母就联系熟人，搭便船。熟人是供销社的，专门运输货物送往各地。好大的木船，船被桐油漆得又红又亮，船上就是家，什么都有，居然还养着一条黄狗。狗冲我们叫，吓得我站在跳板上不敢再动。后来就不叫了，还冲着我们摇尾巴。船家是一对夫妇，还有个和我年岁相当的小女孩，声音细细的，爱红脸，可我已忘记了她的名字。到镇上应该也就二三十里，可不知我们怎么就还在船上吃了一顿饭，有青菜，有鱼。然后我们就宿在船舱里，有被子，没有床，船底就是床。这显然是船家自己的房间，不知道他们那一夜睡在哪里。我们一家并头躺下时，船家夫妇还在夜色中摇橹。船在微亮的水上航行，我躺在舱板上，左翻右滚睡不着。我侧着睡，把枕头推开，耳朵差不多就贴着水了。水声呼呼的，叮叮咚咚，像很多人在弹琴，又似乎有鱼儿在吃水。迷蒙中，我睡着了。醒来时，已红日满舱。

这是奇特的一夜，至今，那时那景偶尔还会掠过脑际。水的景象，已成为我的精神底色。2019年，我在小说《如梦令》开头，就写下了如下文字："五岁的男孩头脑里有雾。那些额叶、顶叶、枕叶、颞叶之类的结构或许已经成型，但是它们不明晰；那些凹凸不平的灰质层，如雾里的风景，影影绰绰。房子，庄稼，树，还有蜿蜒的河，全部笼罩在浓雾之中。隔了三十年回望过去，首先看到的，就是那条河，河水弯曲着从远方来，分岔，从庄子两边分流而去，再汇合时，已绕过了这个几百户人家的庄子。你可以看见明晃晃的河水，雾气升腾而上，逐渐消散。天阴着，软弱的阳光照在一艘小轮船上。轮船漆成蓝色和白色，水线以下是蓝的，你能看到的是白色的船身。

"船舱上竖着一杆旗。旗子被雾气浸湿了，无精打采地抬不起身子，像一把垂下的破伞……父亲抱着他上船。他不敢朝下看，甚至不敢睁开眼睛。但他感觉到了跳板的颠动，大概是走到中间了，父亲故意脚下加了劲，他在父亲怀里上下颠簸起来。父亲停住脚步，哈哈大笑着享受着自己的恶作剧。待颠动稍小，父亲三两步就蹿到了船上……"

这是一个有关生命的故事。五岁的男孩渴望看到大海，他的父亲无奈而又聪明地把他带到了太湖，告诉他：这就是海。这个小说篇幅很短，但我很珍视，它写出了我对水的情感、爱恋、亲密和某种程度的惶惑。苏中最多的是河，也有高邮湖、洪泽湖等等，但似乎还不够大，而苏南的太湖则浩渺旷远，碧波无垠，可极目远眺。我曾多次去过鼋头渚。一条长堤,通往湖中,如果是黄昏时分,你站在那里,你看不到大水的尽头,看到的是无边的画卷。混沌的雾霭笼罩四野,茫茫苍苍,阳光散漫地映照着水面,波光粼粼,碧波万顷。那就是海的形状。每一次来到鼋头渚,我都在恍惚中觉得自己已进入大海。

襟江带湖面海,构成了江苏的水脉。水是江苏的灵魂。水滋养生命,润泽万物。我大学学的是水利,除了水利工程技术,我也学过水利史。我知道,一部中华民族史,也同时是一部治水史。女娲补天,共工怒触不周山,鲧禹堵疏治水……都体现了中华先民对水的敬畏。江苏东台、大丰一带的"范公堤",是范仲淹阻挡海潮的构筑,遗泽后人,也在中华民族水利史上留下了光辉的一页。

江苏得天独厚。大概是2018年的中山陵,海峡两岸暨香港、澳门华人文学论坛,吃饭的时候,可能是有感于中山陵风景如画,菜肴也精美,一个台湾省的出版社社长指着盘子里的清蒸白鱼说:江苏,是我们中华民族最美的地方,就相当于鱼鳃下的蒜瓣肉。我觉得她意思不错,但比喻有点俗了。江苏最美的,无疑是水色。但"不识庐山真面目,只缘身在此山中",对水的态度,也是如此。充沛均衡的降雨,使很多江苏人并不能深刻认识水的恩情,水的珍贵。这些年来,江苏的水质治理,大见成效,江苏的水愈发温柔,潜滋暗养,润物无声。如我们日常的家庭成员,水的慷慨,不应该导致我们哪怕些许的漠视和轻慢。

在湖光山色、曲径通幽的美景中,我常常会对水痴迷,产生探究之心。有一个词"水色",说一个姑娘水色好,是很高的夸赞。但水其实无色，水的化学性质稳定，但物理性质却神秘多姿。"水性至柔"，"随物赋形"，说的是水连自己的形状都没有，装在什么容器中它就是什么形状；但它却又是至刚之物，结了冰，有刀刃之利，"水滴石穿"——因为这种种特性，水和我们的文明、文化乃至文学结下了不解之缘。叹人生似水流年："子在川上曰，逝者如斯夫。"喻社稷天下："水可载舟，亦可覆舟。"军事家谈兵法："兵无常势，水无常形。""兵来将挡，水来土掩。"鼓励人锻炼身体："流水不腐，户枢不蠹。"许多人励志用"逆水行舟，不进则退"做座右铭。颂扬人有气度："海纳百川，不择细流。"谈交友："君子之交淡如水。""相濡以沫，不若相忘于江湖。"劝导人要学会感恩："饮水知源。""滴水之恩涌泉相报。"……水，跟修身、齐家、治国、平天下密切相连，表达了中国人无数的细腻情感。

在水边长大的人，大概是有些特别的。这很难说清，也难以一概而论。水提示了我们一些人生道理，更明确的，是伴随了我们的成长。我的一些重要的人生节点，都以水为背景。二十世纪八十年代初，我在复习考大学。那时候，未来是模糊的，人生也迷茫，我每天都要背政治，背外语。偶然中，我发现学校边的河岸中，有一个洞，洞悬在水面之上，洞壁树根盘结，地上倒还光滑。我不告诉任何人，悄悄地，每天早晨和傍晚贴着河边爬进洞里，看书，发呆，背诵。声音贴着水面飞行，悠扬动听；水鸟掠过水面，唼喋的鱼儿吓得钻到水底；水蜘蛛悠然自得地在我面前滑行，来来往往，好像在提醒我注意它们。我的对面，隔水相望的是一个岛，一块半岛似的田地，开满了油菜花。一个大辫子姑娘，窈窕着腰身，挑着水桶来河边担水。她家住在岛上，三间瓦房，我从来没见过她家其他人。她不是来挑水，就是来洗衣服。花海中，一点红色的衣服朝这边移动。她常常让我走神好半天。

这是我青春的起点。那个永远隔着一条河的姑娘陪伴了我人生中最重要的读书时间，从此，故乡被涂上了油菜花的金黄色。只要有机会，我会在清明前后，到兴化去，泛舟于花影河水，看垛田花海。那里的油菜花已成了闻名全国的景观。

垛田，是自然的赐予，还是人工烧窑取土而成，迄今没有定论。这不要紧，总之它是令人震撼陶醉的现实美景。垛田是一片巨大的湖泊，星罗棋布的小岛是一块块沃土；又或者，是广袤的平原被无数的小河分割。这也不必深究，唯一的遗憾是油菜花的花期太短，这会导致美景短暂。水乡的人水色好，脑子也聪明，他们引进了无数新品种，最大地延长了花事。油菜花轰轰烈烈，此起彼落。即便花期已过，那样的美景依然驻留在照片上，保留在人们的脑海里。

2012.3

所有人的故乡

绍兴是鲁迅先生的故乡，他在这里生活到十七岁。那时他还是周树人。

绍兴的"鲁迅故里"我去过好几次了。一座典型的江南小康民宅，粉墙黛瓦，重门叠户。百草园和三味书屋，我们早已在课文上见过；还有厨房和佣人房，我恍惚看见"生得黄胖而矮"的"长妈妈"在里面忙碌。她是鲁迅作品中，少有的慈爱温暖的妇女形象。

鲁迅对故乡的感情十分沉重。绍兴地属江南，虽非通都大邑，却也不是穷乡僻壤，鲁迅的家庭还算是个官宦之家、书香门第，但他在《呐喊·自序》中感叹："有谁从小康人家而坠入困顿的么，我以为在这途路中，大概可以看见世人的真面目。"《呐喊》是他的第一本小说集，惜墨如金的鲁迅在《自序》中对童年生活的回忆是这样的："我有四年多，曾经常常——几乎是每天，出入于质铺和药店里，年纪可是忘却了，总之是药店的柜台正和我一样高，质铺的是比我高一倍，我从一倍高的柜台外送上衣服或首饰去，在侮蔑里接了钱，再到一样高的柜台上给我久病的父亲去买药。回家之后，又须忙别的事了，因为开方的医生是最有名的，以此所用的药引也奇特：冬天的芦根，经霜三年的甘蔗，蟋蟀要原对的，结子的平地木，……多不是容易办到的东西。然而我的父亲终于日重一日的亡故了。"父亲的病故和家族的败落，给鲁迅的童年回忆打上了寂寞和孤愤的底子，这成了他一生的精神底色。

他的许多作品都涉及故乡。《从百草园到三味书屋》《社戏》《风波》《药》《孔乙己》《阿Q正传》《祝福》等等，我们小时候都读过；还有一篇《故乡》，其中的重要段落，老师要求我们背诵。我们最感兴趣的是那一匹猹，金色的圆月下，"那猹却将身一扭，反从他的胯下逃走了"，好厉害；还有一个杨二嫂，"豆腐西施""圆规"，是我们给同伴取外号的模板，我们那时还读不出"豆腐西施"是街坊叫的，"圆规"却是已在南京上过几何课的鲁迅取的。即便老师从"阶级""礼教"的角度提醒我们，我们也没有从闰土的那声"老爷"里，感觉到多大的震撼。我们对小说里的"胡叉"更有兴趣，下课后还在争论：这胡叉，是不是就类似于我们这里的"鱼叉"？

《故乡》有点像现在的短视频，"我冒了严寒，回到相隔二千余里，别了二十余年的故乡去。时候既然是深冬；渐近故乡时，天气又阴晦了，冷风吹进船舱中，呜呜的响，从篷隙向外一望，苍黄的天底下，远近横着几个萧索的荒村，没有一些活气。我的心禁不住悲凉起来了。"鲁迅劈头就把调子定了，沉郁，悲凉，只是那时我还不懂得。

似乎每一个人都有故乡，其实不是的。只有离开了，成了游子，故乡才成立，它在远方，并不在乎你回去还是不回去。重返故乡的鲁迅，其时已游历了南京、东京、北京……他已写出了《狂人日记》，开头也有月亮："今天晚上，很好的月光。我不见他，已是三十多年；今天见了，精神分外爽快。才知道以前的三十多年，全是发昏；然而须十分小心。不然，那赵家的狗，何以看我两眼呢？我怕得有理。"这是怪异、阴森的月亮，与《故乡》中的那一轮金色的圆月，是两个世界。碧绿西瓜田上的那金色圆月，只存在于鲁迅的回忆之中，美得简直像虚假的梦境。

对一个风霜漂泊的人来说，故乡通常美好而温暖。许多作家怀念故乡，赞美故乡，他们有意无意地忽略那些刺痛和疤痕。我们可以把这理解成心存良善和顺应人意，是一种知情识趣的乖巧，可这难道不是一种流俗？

鲁迅他不这样，他是巨人。绝大多数人小于故乡，至少他们表现出的温暖怀旧已把他们完全覆盖，而鲁迅却是个大于故乡的人。在面对故乡时，他表现出了超越常人的坦诚和无畏，而没有丝毫的奴颜和媚骨。真的猛士，敢于直面惨淡的人生，敢于正视淋漓的鲜血。他不戴假面，也不给故乡化妆。他终身敏感甚至有些易激，但他必然也确实是很多作家的精神导师。诚挚是伟大的前提。

2021年，是鲁迅诞辰140周年，同时是《故乡》发表100周年。鲁迅四十岁时写出了《故乡》。这是可以反复重读的小说，六千多字，常读常新。据说闰土的原型本命"运水"，他的儿子叫"启生"；鲁迅让他叫闰土，他的儿子叫"水生"。为什么这么改，值得琢磨。小说中闰土并不是单一人物，除了少年闰土和恭敬地叫出一声"老爷"的闰土，他还有一个眼睛周围肿得通红的父亲，还有一个躲躲闪闪羞于见人"正是一个廿年前的闰土"的儿子水生。三代人，连成一线，穿透了小说的物理时间，绵长而令人绝望。

痛之切，是因为爱之深。路在哪里？《故乡》的最后近乎突兀地说："我想：希望是本无所谓有，无所谓无的。这正如地上的路；其实地上本没有路，走的人多了，也便成了路。"我以前的理解，是路和希望都在远方，所以必须远游漂泊，但隔了一百年再看，我倒略有些乐观起来。所有人的故乡都有希望。绍兴的大地上，显然有向前的路在延伸。

会稽之地，崇文善贾。鲁迅的性格里，除了天赋异禀的敏感，显然也有越人的勤勉和坚韧。治水的大禹与绍兴有不解之缘，鲁迅的《故事新编》里，就有一篇《理水》，写的就是大禹。群言汹汹，众口铄金，大禹依然创造了伟业。"我们自古以来，就有埋头苦干的人……"确实如此，今天的绍兴人踏实奋进，举目可见繁荣的街景和欢悦的笑脸。浙东古运河作为京杭大运河的起始段之一，在绍兴人的精心治理下，也焕发了生机，碧水如带，美不胜收，已成为绍兴名闻遐迩的另一张名片。这正应了鲁迅的希望：走的人多了，也便成了路。

2021.9

久远的匆匆

小时候就知道,扬州有个作家叫朱自清。他的散文令少年的我惊讶和沉醉。那时,兴化还没有从扬州划出,我也算是扬州人。扬州人的散文印在语文课本上,我很自豪。

具体时间记不清了,先读到的应该是《背影》和《荷塘月色》,当时只觉得好,直抵内心。它们与我们当时的语文课本上,被老师按"段落大意""中心思想"条分缕析的那些文章不同,不那么昂奋,但平易,亲切,而且美。

那时年少,还只是囫囵吞枣,到了大学,我才懂得文章还有那么多"手法"——仅有想法和感受是不够的,要传达出来,你还需要技艺。我从朱自清先生的文章里,第一次知道了"通感"这个词,慢慢明白了人的各种感觉器官,眼耳鼻舌身,它们是可以交替、串联和交融的。那时我已读到了他的《桨声灯影里的秦淮河》,我到南京上学了,秦淮河离校园很近。

他的那些文字,离我也更近了。"但光与影有着和谐的旋律,如梵婀玲上奏着的名曲。"

"微风过处,送来缕缕清香,仿佛远处高楼上渺茫的歌声似的。"

"月光如流水一般,静静地泻在这一片叶子和花上。"

"薄薄的青雾浮起在荷塘里。叶子和花仿佛在牛乳中洗过一样,又像笼着轻纱的梦。"

"正如一粒粒的明珠,又如碧天里的星星,又如刚出浴的美人。"

这些美丽的句子都来自《荷塘月色》。据说写的是清华大学的夜景,但我总觉得有扬州荷花池的影子——扬州不是有个地名就叫荷花池吗?这些句子渗进了我的审美意识。后来又看了他更多的文章,《春》《绿》《匆匆》……《桨声灯影里的秦淮河》包含了与俞平伯先生的一段文坛佳话,从此我知道了,原来文学也可以这么有趣,文人间的唱酬还能够流传久远。

久,是时间;远,是距离。生有涯,而久远难得。朱自清先生生于离乱忧患之世,年五十就匆匆离去,但他的文章已流传百年,还将继续传承。他引导许多人学会了领略文字之美,语言之美。扬州人当然不会忘记他,扬州之外的中国人也享受着他语言的遗泽。

朱自清先生对时间的流逝深有所感。他写过《匆匆》,是名篇。1922 年,他到浙江临海,任教于浙江省立第六师范,同年 4 月 12 日,《匆匆》在《时事新报·文学旬刊》发表。《匆匆》全文六百余字,通篇浸透了感慨、自诘和追问,"八千多日子已经从我手中溜去,像针尖上一滴水滴在大海里,我的日子滴在时间的流里，没有声音，也没有影子。""过去的日子如轻烟，被微风吹散了，如薄雾，被初阳蒸融了；我留着些什么痕迹呢？""告诉我，我们的日子为什么一去不复返呢？"

朱自清先生在问自己，也在问你我他。他"不禁头涔涔而泪潸潸了"，我读到此句，也惕然自警。

且不考虑量子世界和多维空间，我们现实世界的时间无疑是单向的，一去不回。从"子在川上曰，逝者如斯夫"，到现代流行歌曲《时间都去哪儿了》，人们对时间流逝的浩叹绵延了千百年。《匆匆》却在自我慨叹中，也在文学史上刻下了一道印记。

没有想到，我有机会来到了《匆匆》的诞生地。2023年4月上旬，我去了浙江临海。作为一个扬州人，来到这个群山环绕的秀丽小城，不由心生感慨。朱自清先生的人生是匆匆的，他在临海前后也只待了十个月，可谓来去匆匆，可这个地方却以他的名字设立了一个文学奖。我在临海中学的校园里，看到了巨大的墙壁上镌刻着《匆匆》的第一节："燕子去了，有再来的时候；杨柳枯了，有再青的时候；桃花谢了，有再开的时候。但是，聪明的，你告诉我，我们的日子为什么一去不复返呢？"

孩子们下课了，我留影的时候，他们恰巧走进了照片里。因为这段文字，这所学校是世界上唯一的。这墙上的短短几句话，是关于时间的最美的弦歌。

2023.5

五行作金砖

来到苏州相城,我这才知道金銮殿所铺的金砖是哪里来的。

这里小河环绕,芦苇摇曳,百鸟婉转,清雅的茶室外,一条青砖小径分岔绵延,通往几座御窑。之所以称为御窑,是因为这里是金砖的产地。几座砖窑,完好地呈现在我面前。

我们可以到砖窑里面去。窑膛类似穹庐,顶端可见青天。垒满砖坯的炉膛也曾烈火熊熊,经过四个多月的漫长烧制后,还要洇水,窑工挑着水沿着通往窑顶的坡道,把一桶桶水均匀地淋下去,水火交济,云蒸霞蔚,健硕的身躯在水汽中晃动。

四个月的烧制,火候很有讲究,控制火候除了需要技艺和耐心,各阶段使用的燃料也不同:第一个月,用砻糠或柴草,熏;第二个月,用硬柴,大火烧;第三个月,用稻草类,细火慢烧;第四个月,用树枝,干柴烈火,刚火猛烧……最后再用砻糠,慢慢熬,直到鲜红的炉膛逐渐暗淡,余火尽灭。

这片古意盎然的清雅之地,也曾热火朝天,劳动号子飞扬。

作为一个出生在苏中兴化的人，因为小时候见惯了砖窑，我一眼就做出了推断：这里周边的小河，十有八九就是当年取土烧砖的遗迹。相城陆墓的土显然特别适合烧砖。从人类学会结庐而居，取土烧陶，再到烧出砖头，用于建房，经历了漫长的时光。我们国家的土地上，绝大多数黏土都能烧砖，但据说只有陆墓的土，才能烧制出金砖。

稍想一下就会明白，砖头要好，土是基础。朽木不可雕也，粪土之墙不可圬也，粪土垒的墙不行，脏土烧砖当然也不行。土要细腻，黏，不含沙，腐殖质也必须去除。于是，砖坯的制作也极为讲究。在特定的地层取土，晒，椎，舂，磨，筛——这简直跟磨面磨糯米做元宵差不多了。

确实如此。土备好后，接下来还有一系列工序，主要是揉，要揉出劲道，揉出杂质，排除所有气泡和空洞。然后用砖模制成砖坯，避风遮雨，慢慢阴干。每块金砖成品重达七八十斤，未干时肯定更重，砖坯的制作显然除了技艺还要力气，不知道那些通过大运河运往北方皇宫的金砖，里面是不是也有劳动者汗滴的盐分？

我是见过窑工劳作的场景的。我的家乡叫戴窑。一听这地名就知道，这里产砖。据说早先有砖窑十八座，到我记事时，已拆了不少，还有个窑厂，保留着三五座老砖窑。我的一个同学，家贫，早早辍学，去窑厂上班，主要工作就是挑水爬到窑顶，朝下洇水。窑很高，他瘦小结实。每天很晚回家，大汗淋漓，臭烘烘地站在院子里冲凉。他的肌肉让我羡慕，我们这些还在上学的，没一个打得过他。他挣钱不少，我们也羡慕，但在家长们嘴里，他成了不读书的样板，不知他后来怎么样了。老砖窑在新式轮窑出现后全部消失了，他应该继续在轮窑上班，现在也该退休了。

我的老家也以烧砖闻名。迷宫般的砖窑驻留在我的童年记忆里。第一次抽烟就是那个做窑工的同学怂恿的，就着窑膛里抽出的一根芦苇上的火。有一回摸鱼搞湿了线裤，怕挨骂，躲在窑洞烘。我第一次感觉到了窑火雄浑的力量，没想到裤子干过了头，裤裆那里都烘糊了，换季时脱下来，母亲发现那里多了一个洞，她百思不得其解。大炼钢铁时砖窑曾被直接当作了炼钢炉，里面有不少矿渣废铁，我在里面乱钻，脚被划破了，于是平生第一回打了破伤风疫苗。

我们那里的砖也介入过国家工程的。据说南京明城墙的砖头就有老家造的。太平门的龙脖子段，是原汁原味的明城墙，弹痕累累，苔藓遍体，那里的城砖上，每一块都有字，上面写明了各级责任人的姓名，某某省某某县、提调官某某某、窑工某某。我曾在那里仔细寻找，并未发现我老家的名字，但我坚信一个以"窑"为名的地方所出的砖头，肯定也被砌在里面，因为我找到了老家周边的几个县名，它们那里的砖，肯定没有我们那里的好。

这是一种莫名的自信。但细细一想，老家的砖头大多用于建房造墙的，即便明城墙里也有，但是，它们够不上金砖。奶奶在世时，特别向往北京的金銮殿，听说我去过，一直追问两个问题，一是金銮殿大门上的门钉到底有多少个，二是金銮殿铺的金砖，是不是金子做的。第一个问题我答不上来，第二个我倒是立即给出了答案：不是的，不是金子做的，是看上去亮晃晃的，像金子做的。

当年在故宫，我没有伸手摸过，但这次在相城，我抚摸了金砖，温润如玉，触手微凉，细腻如婴孩的皮肤。边上有个锤子，轻轻一敲，作金石之声。这是所谓的帝王级享受，我们可以批判这种穷奢极欲，但金砖却是工艺品，是劳动者的智慧汗水的结晶，是秦砖汉瓦的极品。

我们那里，在我看来土也是极好的，黄淮平原的黏土和阳澄湖的土区别很大吗？芦苇和柴火也未见的与相城有多大区别。我们那里的人勤劳，不怕吃苦，好像也不笨。苏中平原水网纵横，交通也算便捷，帝王们就没少要我们那里的稻米。至于为什么金砖不出在我们那里，这就很有意思了。

国人喜欢用阴阳五行之类解释世界。我一贯将信将疑。世界如此复杂，人生这么丰富，以玄之又玄的概念去概括解说，未免太朴素或者说偷懒了。但面对苏州相城的金砖，我却突然心中一亮：金木水火土，倒在这金砖身上奇妙地汇合了——以水揉土，以木烧制，终于炼出了闪闪金光。

关键还是工艺，耐心，细致，不惮繁缛，精益求精。点石成金不是灵光乍现，是百炼钢化为绕指柔的工匠精神。

2022.12

龙游的性格

眼前满目青山，溪水连绵，虽说是浙西山区，但山并不高，看上去大抵跟南京的紫金山差不多，但蒙蒙细雨下，山顶居然有白云环绕。我们的车子在弯曲的公路上奔驰，远处浓云漂浮，山峰时被遮掩，有一种神秘气象。自从很小时读过《西游记》，每看到奇异的云朵，我都会觉得云里有妖怪，孙悟空说不定会钻出来，大喝道：俺老孙来也！此刻看到龙游的饭甑山，忍不住想起了驾云的妖怪神仙，无端地感到了仙气祥瑞，断定这地方一定历史久远，源远流长。

果然是这样的。这里是浙西龙游。龙游博物馆里展现的数十万年前的古人类遗迹，证明了这一点。

去龙游并不算远游，可疫情间隙的出游是奢侈的。我从未听说过这个地方，我只听说过龙游所属的衢州，这还是因为我的大学同学里有个浙江衢州的。那时的交通很不方便，假期后回校的同学风尘仆仆，满身都是舟车劳顿的困乏。现在有了高铁，三个小时也就到了。此后的几天，我们游龙游，品龙游。这里的风土、人情、器物、房屋，与苏南类而不同。它是异地，但算不上异域。事实上，龙游位于长江三角洲，它还是江南。

这种类而不同的感觉颇堪玩味。我们可以归纳"同"，但差异也许更令人着迷，甚至疑惑。

我是学水利的，是一个从苏中水乡走出的人，我当然会注意到水对所有人类聚居地的特殊意义。逐水而居，依水而兴，河流的近处常常就是村镇，就是城市。

浙西多雨，空气湿润，举目可见溪流、池塘和河流——溪流在池塘停顿，继而汇入河流。与平原的苏北苏中不同，浙西龙游是河流的起点，浩渺的衢江与钱塘江相连，看来比长江还要宽阔。这几乎是一个自治的河流流域，因此形成了一个相对封闭的生态环境，山清水秀，鸟语花香，大片农田不多，却也十分肥沃。

一方水土一方人，因为有河流通联外界，人力或畜力车再加上木船，可以连接远方，衢州自古就是通衢之地，龙游的商业因此发达；地少而又相对封闭，这里的人不得不精耕细作，物尽所用，勤俭持家是恒久的乡风。与苏南的河道纵横不同，龙游多是溪流迤逦弯曲，汇入大河，故而这里少大庄大镇，多聚族而居。一个个明珠般的村落炊烟相望，鸡犬相闻。

我看过很多的民居，北方的，南方的，山区的，平原的，自然环境几乎决定了村庄的形貌，也直接造就和规约了居民的生活形态。鸡鸣山民居，小南海镇团石村、天池村、泽随村……这些村落和民居，都得到了精心的保护。淅淅沥沥的细雨中，空气是透明的，地上青苔斑驳。这些民居有大有小，它们或傍水而立,或依山而建,难以整齐划一地坐北朝南,常可见坐西朝东或坐东朝西——山水是它们的依托,也是它们的限制。

厅堂,厢房,木楼,无论是几进的房子,一律轩敞通透,山区的阳光是最珍贵的天赐。花窗、砖雕、随处可见的木雕、门前的石雕,或栩栩如生,或稚拙夸张。戏曲人物、山水、花卉、动物、瑞兽等等,都是常见的题材,这让我们看到了至今仍名闻遐迩的浙江红木家具的传统和源流。

雕刻当然是装饰性的,必须美观,展示房主的财富和雕刻者的技艺。花鸟、瑞兽、山水,配以"德泽流芳""桂秀兰芳""玉韫山辉""积善余庆""紫阁祥云""世居怀德""威凤祥麟"等匾额,寄寓了主人美好的祈愿。更值得注意的是雕刻中的人物故事,这些房屋中最具匠心的部分,承载着历史和文化。我在我的苏中老家曾多次被问道:作为一个作家,你的家乡对你的成长有什么特殊的意义?这样的问题显然有一个期待中的答案,那就是感恩,感谢家乡的养育和滋润。这当然没错。问题是,这样的回答太过于简单敷衍了。我想起了小时候夏天纳凉的时候,众邻居拖着凉席聚集到石桥上,一个很会讲故事的人,每天说连本剧一般地说《三国演义》《水浒传》,他说到紧要处,一拍芭蕉扇,那效果胜似惊堂木。最鬼魅的是鬼故事,鬼气森森,桥下的流水黑沉沉的,潜伏的水鬼似乎随时都会悄悄爬上来。小孩子们越听越怕,越怕越想听,不由自主地往他身边聚拢,这个老光棍兼酒鬼就成了个儿孙满堂的样子。后来我读了《聊斋志异》,知道了他的故事也不全是他编的,他只不过家里藏了一本书。

这是真正的滋养。

龙游叶氏古民居的砖雕，共有二十三块，故事大部分来自《封神榜》和《三国演义》，"借东风""长坂坡""过江杀相"……这些忠义节烈的故事，于无声中咿咿呀呀地吟唱着，回荡在时光隧道中，一代代龙游人在此老去，一代代龙游人在吟唱中诞生，成长，走向远方。

所谓乡风，就此凝聚，延续。

如此的水土养成了特别的龙游人。他们勤劳，聪慧，练达，而且精明。这些村落大小不一，繁简有别，但都能看到龙游人顺势而为的用心。高低错落、朝向各异是依托山势，每栋房子都必备的天井是为了迎接和利用丰沛的雨水；几乎所有梁柱的下面都做了防腐处理，有些还包上了麻布油灰，不问可知，这是为了对抗漫长的雨季和潮湿的空气。我偶然看到一对木柱用的是两根不直的树木，虽说安装时尽力保持了对称，但确实有点扎眼。难不成是主家财力耗尽，力所不及了？原来不是，这是一种叫"侧脚"的工艺，向内呈些微的"八字形"，更加有利于房屋的稳定，也有纳财之意。

龙游人真是聪明而又务实。自宋室南迁后，南中国保存和延续了中华文化的根脉。龙游的民居和村落，那些层层叠叠的翘檐、石阶、瓦当、阁楼、花窗、廊柱，处处沉淀着历史的余泽和古人的智慧。

砖木结构的房屋除了要防潮，防火更是头等大事。相比于河道密集的苏南，溪流环绕的龙游无疑要做到未雨绸缪，有备无患。除了房屋中巨大的天井，村落的中心都有一方池塘，碧水盈盈，天光云影，吃水用水靠它，纳凉议事就在边上的亭子里，更重要的，这是救火的必备。散布龙游山野的民居能保存百年千年，有赖于这种居安思危的布局。

江浙历来是教育之乡，崇礼重文，文化昌明，是进士状元的摇篮。没想到的是，不算大的龙游县，就有不少"状元厅""进士街"，这些地名是一种纪念，更是一种推崇和激励。源远流长的读书传统，隐藏的村落的北斗七星、长幼有序的布局中，也蕴含在敬天法祖的宗祠和"魁星点状元"的砖雕里。

龙游人的聪明务实处处流露。石佛乡三门源的省级文物保护单位明代建筑"楼上厅"就很有意思。一般人家的厅堂都布置在一楼，但这家的厅堂却布置在二楼，体面的摆设和重要活动都安排在这里。这似乎有违常理，但却另有深意。据说，按《大明律》规定，房屋地皮税的征收要按照厅堂的占地面积来计算，把厅堂安排在二楼，把厅堂架起来，就可以合法避税。这真实是个聪明的策略。

如果说这还只是个"据说"，那我的亲眼所见却毫无疑义。这么多的雕梁画栋、轩房大屋经过那么多的战乱动荡能保存至今，不得不令人惊叹，尤其是半个世纪前的文化动荡，破四旧之风却似乎绕过了这里。我有点疑惑，直到发现了不少梁柱上，那些字迹黯淡却依然清晰可辨的标语，我才解开了谜底，暗自钦佩。这些标语保护了历史，也成了一种历史印记。

龙游有个地方叫"泽随"，这个地名美丽，圆融，也富有启迪。对这个地名有许多不同的解读，但我更愿意相信字面的意思。泽随，随泽，逐水而居，随水而行，涓滴溪流，汇入江海。

2023.11

大运河的明珠

千里运河，曾是国家的主动脉，它流到哪里，哪里就是一派繁荣。汤汤流水边的高邮城，无疑是大运河边的一颗明珠。

我与高邮是有缘的。高邮与我的家乡兴化毗邻。20世纪80年代，我寒暑假回家，长途线路就是从南京到扬州，然后是江都、高邮，抵达兴化。从江都开始，公路就紧挨着大运河，依河而行，一般在高邮的一个临时停车点稍作停留，再上车时，公路就偏离了大运河，沿着一条不大不小的河向东，向兴化驶去。这条河与兴化的河道相接，几乎已有了兴化的模样。一路上要经过好些小村镇，一沟二沟三沟，似乎还有一垛二垛三垛，因为年代久远，现在已不能确记了。但总之，大概到了三垛，汽车往北一拐，兴化城已历历在望了。

大学时代，高邮是与乡愁联系在一起的。不上汽车还罢，上了车，就盼着车快点开。运河边的公路蜿蜒曲折，比河的拐弯要多得多。经过江都和高邮时，一般已是正午，阳光照射在河面上，金光闪烁，一列列船队在运河中缓慢地前行，或向南，或朝北，它们比汽车慢。我从车窗探出头，看见了船上的一只小狗，它仰着脖子朝我们叫，太远了，机声隆隆，我听不见它的叫声。汽车再行片刻，我们就能看见运河的水中央，有一座宝塔。七层，青砖的，宝塔显然已经有了年月，塔顶有一些残破，长满了蒿草，肯定有不少鸟窝。黑色的、白色的鸟，它们腾空飞起，绕着塔顶飞翔。阳光漫溢，飞鸟回旋，宝塔像一张贴在碧空的剪纸。

而从兴化回南京的路上，经过高邮时日已偏西。宝塔依然伫立在那里，但更好看了。阳光斜照在宝塔上，洒落在粼粼的河水上，宝塔似乎有了一股仙气，在河水细碎的反光中，我能看见宝塔每一层的样子。经过那里时，我总是会想：这是什么时候的塔呢？它为什么建在河中央？还能爬上去吗？如果有顽童上去，他们能放过塔上的鸟窝吗？

在我的童年少年时代，兴化的宝塔不多见，我甚至没有宝塔的印象，高邮的这座塔，就成了我离开家乡的路标，成了我大学时期上一学期的结束和新学期的起点。

不过也没有太往心里去。大学的校园生机勃勃、乐趣无穷，书山有路勤为径，家乡只是我们奔向阳光时身后的影子。我甚至不知道高邮这座古塔的名字，也没有想到，这是千里运河上唯一的水中宝塔。看到它，我才会想起它，从来没有惦记着它是不是会因为失修而倒下。当然也没有想到，宝塔有一天会出现在我的小说里，而且不止一次。

20 世纪 90 年代读到汪曾祺先生的文章，突出的感觉是，这写的就是我们家乡，兴化。他是邻家的汪先生，十分亲切。因为亲切，我也就没有生出探访高邮的想法，一次次路过。

少不更事，大概就是这个样子了。高邮，这么熟悉的地方，如此奇怪的地名，我没有去琢磨过是什么意思。大学班上有个男同学，高邮人，风流倜傥，多才多艺，会吹笛子擅拉琴，阳台上总是有他的动静。因为家乡邻近，我们算是半个老乡，他在搞出动静之余，向我吹嘘高邮，总之是千年古城，不可小觑。我从他那里才知道，原来"高邮"的"邮"，还真与寄信有关。当时，电话是用不上的，系的办公室有，但学生不能打，即使你偷偷找到机会了，你自己家也没有电话。我们还是要靠八分钱的邮票，家书抵万金，情书一诺千金，如此背景下，听了同学的话，我不得不承认高邮很厉害。虽然高邮的古邮亭早已不能帮我们传递亲情和爱情，但"邮"字的前面还有个"高"哩，这简直类似于航空邮递了！这不是科幻了吗？

高邮确实因"邮"得名。我终于来到了中国集邮家博物馆，东方邮都。原来，两千多年前，秦始皇就沿着邗沟在这里筑高台，置邮亭，唐代又增设了水驿，此后一路沿革，直至晚清现代邮政兴起，这是中国的"邮之路"。在现代通讯已十分发达的当今，高邮让我们看清了来路。

前面说过，运河中的古塔我是大学期间的返乡路标，但我一直不知道古塔的根底。仲夏的某天夜晚，我探访了古塔，它叫"镇国寺塔"。大运河在这里突然变宽，一水中分，镇国寺安然漂浮在河水当中。夜晚的运河辽阔而宁静，月光和宝塔上的灯火映照在河水上，水面安详神秘，不见波澜，似有鱼儿的喋喋声隐约传来。这是运河中的一个岛，茂林修竹，幽香细细。古寺规模适中，应有尽有，因为在水中，又是夜晚，古寺和宝塔被灯火勾勒出的身形，在河水的衬映下，恍若梦境。

镇国寺塔是一座唐塔，始建于公元874年。历朝历代多次修葺，现今仍保留着唐骨明风。它不是规模最大的，名声也不是最响的，但因为建在大运河的水中，它是唯一的，堪称古塔名寺。宝塔的顶端，那个青铜所铸的宝葫芦上，镌有"风调雨顺，国泰民安"。宝葫芦离地三十五米多，我看不清这个八个字，但它在夜空中，闪耀着星月的光辉。

运河的夜晚，闪亮的岛。我不知道这种独特的格局是河道变迁所致，还是古人匠心独运刻意为之。但显然，这岛、这塔，千百年来用它的灯火提示着来往的夜航船，它是一座航标，指引着前进的方向。

高邮是大运河上的一颗明珠。孟城驿、南门大街、明清运河故道、文游台高邮当铺……众多的古迹，水陆杂陈的淮扬美食，使这颗明珠放射出时光包浆的古泽，也散发着令人垂涎的魅惑。

2023.6

文学闲话

小说与道德

以道德主义的立场对小说进行审视和评判，永远有其可行性。但道德是一个流动的体系，以一种流动和变化着的标准对某一种艺术门类进行评价，往往会造成结果的误差。

在我看来，在我们的道德体系中，有一些先哲的箴言是语重心长，值得尊重的。"己所不欲，勿施于人"，这是对他人的尊重；"老吾老以及人之老，幼吾幼以及人之幼"，这体现了对人的关爱；"君子爱财，取之有道"，则不光表达了自己的操守，还隐含了对竞争法则的呼唤……如此等等，我认为是中国传统道德的基石。我们生活在一个喧嚣而又充满诱惑的时代，也许我们无法完全遵守这些信条，但我们至少可以时常侧耳聆听这样的声音。

然而我们生活中的道德又常常变现为一些习俗，这些习俗从本质上来看其实是丑陋、势利的。它们霸道地限制了人们合理的欲望，限制了我们的想象力和创造力。很多的"道德"，仅仅过了几年，就被人们抛弃了，这对于个体的人，或者社会，都是一桩幸事。对这样的"道德",如果一个小说家不想被限制和禁锢,他在创作中就不可能去顾及。我们不能说这样的小说就不是好小说,这样的小说家就不是好小说家。

小说的价值与所谓的"道德"并不完全对应。《拍案惊奇》作为一个小说文本,自有它独特的价值,但任何一个具有鉴赏力的读者都会对充斥其中的陈腐的道德说教皱眉掩鼻。相对于空灵神妙的《聊斋志异》,它只能等而下之,虽然《聊斋志异》曾被当时的道德家们认为是一个离经叛道、想入非非的东西。一个真诚的艺术家,最为关注的,应该是艺术本身。艺术的本质,有一些更为奇妙的东西,它是美(有时是丑),是力量,是魔力。它与道德并非绝无关联,但更多的时候,它与道德并无不可或缺的关系。道德有时候是虚弱的。

一个真诚的小说家常常无法关注外界要求他发出怎样的声音,面对外界的需求、压力或是诱惑,他往往表现出回避甚至拒斥。他天生是怎样的嗓音,就应该唱什么曲子。这既是对自己的尊重,也是对读者的尊重,对艺术的尊重。在当下的状态中,年轻的小说家对纷乱嘈杂的生活所表现出来的态度,也许是悲观、暗淡,甚至失望的,但我们所要审视的,是他们究竟是否真诚,这是真正重要的标准。现时的文坛给我们提供了"精彩"的风景,真可谓"好戏连台",但有一些小说作者所表现出的姿态令我感到齿冷。他们宣称"为了××写作",他们正在进行"××××关怀",但我从中却嗅到了自我炒作和媚俗的气息。他们盯着某一个热点,试图开出药方"救世济困",但除了发发牢骚,其实他们什么也做不了。这样的做法倒是迎合"市场经济",也许还自觉合乎道德,但小说创作和小说批评终究是个大浪淘沙的过程,任何造作的,迎合时尚、迎合批评的东西终将无影无踪。

1997.9

纯粹的小说

慰藉、沟通、理解，以及对它们的吁求和渴望，是人类心中一个遥遥无期的梦想。所有源于心灵的艺术，都应该是人类心灵的安慰剂。这帖安慰剂既属于欣赏者，也属于创作者。对创作者而言，表达、倾诉，以及对回声的期待，既是一种释放和松弛，也是我们遏制孤独和恐惧的方式。我们永远也不应该指望艺术成为"起沉疴，活人命"的济世神药。它确实只是一帖安慰剂，如此而已。

好的小说就是纯粹的小说。纯粹的小说和图腾崇拜时的舞蹈以及上古的岩画一脉相承。纯粹的小说是心灵的声音。就心灵而言，从人类的源头飞流直下数千年，直到现在，很多本质的东西并无改变。生、老、病、死，求不得，爱别离，这是人类永难愈合的陈年伤痕。

欲望是痛苦的根源，而欲望永无止境。科学的发展不断满足着人类对物的欲望，但人类的另一些欲望，科学注定无能为力；对死亡的恐惧表现为对生命无限延续的企求，但科学无法让人长生不老。从这个意义上说，科学的发展与小说无关。即使传媒继续爆炸，即使我们有了电子游戏、因特网，小说永远有它的不可替代性。因此，我对小说抱有信心。

我现在坐在电脑前面，它给我的写作提供了方便，我们当然不应该无视科学和历史的发展。然而，历史和文明的发展与小说的本质没有关系。好的小说往往是最简单的小说，最简单的小说往往是最老实的小说。面对层出不穷的小说技法和小说潮流，我们不应该，也不可能无动于衷，但是最直接也是最有效的鉴定和筛选方法是，看它能否最直接了当地作用于心灵。小说也许需要以"余音绕梁"为效果的"一唱三叹"，但小说作者绝不是杂耍艺人。对小说技法的探索和尝试当然也是必需的，我尊重对一切、对心灵的探究，更尊重对心灵的理解和宽容，但炫耀和卖弄是对小说伤害最大的毒品。

小说的写作和阅读，说到底是一种交流，交流至少需要两方。最淡泊的作者也关心他的小说是不是有读者，他们读出了一些什么，但这样的关心首先应该基于对自己心灵的尊重。小说作者应该真诚，至少他在小说写作时必须诚实。"己所不欲，勿施于人。"小说家发出的，应该是他天生应该发出的声音。从这一点看，小说写作，又与读者无关。

我的写作，开始得较早，后来中断了一段时间。从1995年开始，我又重新拿起了笔。这是一种选择，选择本身其实就是放弃，我必须放弃另外一些东西。有论者说，我的小说有一种伤感、悲观甚至绝望的情绪，这也是没有办法的事情。即使

"强颜欢笑"了,也仍是一种悲凉。我偏爱小说中的悲悯。我只能这么一直写下去,希望能写出我所喜欢的"纯粹的小说",好的小说。

1997.8

陌生化是小说的追求

相对于我们置身其中、参与其中的生活而言，小说应该是一种陌生化的艺术。人们对现实生活的习惯和麻木，使得小说获得了存在的意义。虽然小说应该是生活真实的反映，但这种反映绝不是生活本身，也不是生活的某种简单的和平面的呈现；生活和小说的关系相当复杂，这种关系摇曳多姿，若即若离，有时甚至相互背离。对浸淫于生活中的读者而言，优秀的小说应该是一个陌生化的文本。读者需要刺激，需要撩拨，需要安慰，需要震惊，这既对小说家提出了要求，也同时赋予小说家神圣的权利。

小说家的工作空间无边无际。即使在传统的现实主义小说中，前辈作家们也已经展示了小说写作的极其丰富的可能性。然而这种可能性是无限广阔的。面对正在舞台上上演的一场戏，台下无数的观众各自有各自的观感，台上角色不一的演员也各有各的感受，导演、编剧、灯光、卖票员，各色人等也各有不同感觉，甚至连台上正在被践踏的地板也是一个另类的视角。面对汗牛充栋的小说作品,我写作,是因为我热爱写作,我对生活有感受,我有话要说。这不是"大狗要叫,小狗也要叫"的问题,而是"狗要叫,猫要叫,昆虫也要叫"。也许我们可以说,不一般的、别致的、陌生化的,才是有价值的。

陌生和别致可以体现在所有方面。因为人类的普遍生活状态过于庸常,各国叙事文学的发轫几乎都从传奇文学开始,这和一个年轻作家常常首先专注于故事的曲折和奇特是一个道理。对故事的专注是小说的一个天然的属性。然而这只是初步的,它必定被超越,必须被超越,也确实被超越了。小说发展到今天,流派纷呈,技法各异。在我看来,现代主义和后现代主义作品中呈现出的叙述的混乱和歪曲是有根据的,可以理解的。陌生化不光相对于当下生活,同时也应该指向前人业已完成的作品。

但是说到底,小说是一种控制的艺术。所谓控制,我认为就是一种限制。就小说技术而言,这种限制来自两个方面,一个来自自己的大脑,另一个来自生活。前者的意思是小说家应该顺乎自己的天性,而不必去追赶时尚,你的大脑和你的面貌一样,在我们这个星球上都是唯一的,刻意模仿某种技法并去适应它,其实就是削足适履。生活对我们是另一个限制,因为生活表面上看来混乱而无序,但事实上它却有着内在的、坚硬的逻辑。小说的创作和阅读作为人类思维的一部分,同时也是生活的一部分,当然也必然要服从这样的逻辑。据此我认为,节制和创造同等重要。所有的大师不光是创造的大师,也是深谙节制的大师。

如同地心引力无法逃离而生活仍然饶有生趣一样,这种戴着锁链的舞蹈既是小说家的天命,也是小说家的乐趣。生活是无限变化的,我们的大脑也潜力无穷,这给我们有限的生命提供了无限广阔的舞台,也给我们的写作提供了难以遍尝的可能性。我们今天所写的,明天看来也许就会很不满意,这说明我们在成长。我的第一本小说集《红口白牙》,现在看来,我自己完全满意的作品并不很多,我甚至感到了某种陌生。对此我既到懊恼,也感到欣慰。

1998.10

情为何物

有个人说,世界上的事变来变去也就无非儿样:男的爱女的,女的爱小的,小的爱糖。

刚听到这种说法时我哑然失笑,但细细一想,他说得不错。男的爱女的,这是爱情;女的爱小的,那是亲情;小的爱糖,不但是因为小儿嘴馋,那糖同时也意味着一种满足感和安全感,有家的孩子才算是泡在蜜罐里——人世间最基本的关系大致也就是这样的了。

这当然是一种简约化的人生模型,难免招致诘问。实际上,男的爱女的,可他爱的却不见得是他妻子,也许,他爱的女子注定成不了他的老婆,他和别人结了婚;或者是,他有曾经爱过的老婆,却又不幸爱上了别人的妻子……这里面相当复杂。女的天生爱小的,这是天性,但小的不光需要母爱,也需要父爱,假如女的不幸丢掉了丈夫,或者是她爱上了别人的丈夫,那她的孩子面临的问题可就比没有糖吃要严重得多了。

说到底，计划不如变化，而变化又不如造化，因此，我们的情感、我们的人生要比任何模型都要复杂一些。这种断裂、关联、错位，给我们的生活带来了迷惘、困顿和痛苦，却给作家带来了展示的机会。

我们都知道，动物只在某个特定的季节里才会发情，其他时间，它们几乎"不辨雌雄"；而人类则不同，我们几乎随时随地都会受到情爱的牵引：这无疑也是人与动物的关键性差别。

可以说，爱和情乃是人类生活的主体。

初恋是神秘的。作为一个写作者，我对此特别着迷。她的缘起我们不必追问，但她的结果却基本趋一：初恋基本上不能走向婚姻。正因为此，她不断被我们美化、扩张，甚至侵袭到现实中来。作为我们置身其中的婚姻生活的对比，她历久弥新，熠熠生辉。初恋，初夜，"初长篇"，我的第一部长篇以初恋为对象，在我看来，顺理成章。

小说也许需要宏大叙事，但日常生活和普遍情感其实更为重要。小说不怕"小"，就怕你写不好；小说也需要大，但如果所谓的"大"和"阔"是不真实的，是谎言，那么我宁可从小处着手。你说不出真话，或者你不说真话，那我看不说也罢，免得贻笑后人——更可悲的是，笑都没人笑，因为书找不到了。

突然就想起台湾歌手邓丽君来了。据说，大陆的许多著名歌手，如田震、那英、陈明等人都曾深受其影响，以唱功卓立于歌坛的王菲甚至还整盘翻唱过她的歌曲，这是为什么？

因为邓丽君是细腻的。她从唐诗宋词中走来，蝴蝶般穿梭于柔情之中，浅浅吟唱。她幽怨，体贴，百转千回。她之所以在

20世纪80年代让大陆人耳朵一震,是因为她续接了唐诗,尤其是宋词的传统。专注于情,未成曲调先有情,对一个歌手来说,足够了。对一部小说来说,或许也够了吧。

当然还要写得好。

这部书是给一部分人准备的。如果你追求金戈铁马,漫卷红旗,那你不要打开它。它的伴侣应该是一杯茶,一支烟,柔和的台灯笼罩着你。

话虽这么说,但能有更多的人看到这部书,我还是很高兴。

(《我的表情》创作谈,2006.3)

我与侦探小说

大概很多人都曾痴迷于侦探小说。少年时代,我几乎看遍了当时所能搜罗到的所有这类小说。印象最深的是三个人:阿瑟·柯南·道尔、埃勒里·奎因和阿加莎·克里斯蒂。后来,我当然丢开了它们,也去专心于所谓"名著"了。到了现在,我自己也写了几本书,但我并不后悔曾在侦探小说上耗费了那么多的热情和时间。我甚至向我的孩子推荐。我认为,演绎推理是一个现代人的必备素质,而侦探小说对此大有裨益。更何况,它是多么有趣啊。

中国人写侦探小说,往往不成模样,个中原因一点就破:纯正的侦探小说,与欧几里得《几何原本》和牛顿-来布尼兹定律一脉相承,而这些都不是中国人想出来的。

上面提到的三个作家,其间的区别显而易见:福尔摩斯探案,基本都是探险,他善于在历险中发现蛛丝马迹;克里斯蒂常常是旅游,她的波洛,总能从容地在最后时刻从同行的游客中点出罪犯；而奎因本身是一个检察官，他的对手如影随形，一般就是他的同事——为了出乎意料，为了制造效果，也因为小说空间的有限，这几乎是不可避免的安排。这大概也是侦探小说的共性和套路吧。

应该说还有一个共同点，至少福尔摩斯和波洛是这样的：案件和侦探本人的生活并无直接利害关系。他们不是受害者，也不是罪犯，甚至不是具有公务身份的警察。他们是为了荣誉，更是为了兴趣而破案。拥有如此智力，干什么不能发大财？所以他们不是为了生计，挑逗他们的，是案件本身所呈现的智力标尺。这就透露了一个秘密：这些作家，本身也是痴迷于智力迷宫的人。像他们小说里那样去杀人，太艺术了，也太费事了！真这样干出来，哪里去找那个比罪犯还要高出一筹的侦探呢？——当然，如此超拔卓越的侦探也是有的，就在小说里，就在作家们的大脑里，于是作家的兴趣得到满足了。

这是一个左手和右手互搏的游戏。既然是自己跟自己玩，那么"玩"本身就是目的。于是，一个侦探小说固有的特征或者说缺陷就出现了：它们忽略了动因。作家们醉心于"互搏游戏"，懒得再去深究案犯的动机，金钱，情欲，或者复仇，抓过来往罪犯头上一扣就了事。他们将杀人艺术化，也把动机简单化了。

这或许正是侦探小说与《罪与罚》和《卡拉马佐夫兄弟》的区别。

想写《天知道》，已经许多年了。我是学理工的，严格的力学计算训练，锻炼了我的理性思维。这似乎与写小说无关，但我已习惯于追究人物的深层心理。当我偶然间注意到艾滋病对人类生活，尤其是性生活的巨大影响时，《天知道》逐渐成形了。

这是我的第四部长篇，我对它提出了几个要求：

第一，它必须提供特别的智力难度。所谓"特别"，即必须是前所未有的、中国化的、富有乐趣的。在经典侦探小说已时过境迁的今天，"密室""时钟"等路数已基本失效——以前，为了证明自己不在犯罪现场，罪犯往往偷拨挂钟指针，但这套路已很可笑：你除了掩耳盗铃地拨自己的表，现在满世界都是钟表啊，手机上都有了时间了！——因此，必须创造。《天知道》里的一串案件，契合时代，丝丝入扣，我基本满意。

第二，罪犯必须有一个强大的动因。侦探小说虽也曾是我枕边之书，但粗率的动因设计却常令我为之遗憾。我要写的，也许属于"侦探"小说，然而，它首先必须是小说，是我理解向往的小说。它必须专注于人的灵魂，而不仅仅是智力。这部小说里，必须站起一个人来，他当然凶恶、狡诈，但肯定也焦虑，他必须拥有过人的视界。他的作案动因，我不可以省事地因袭前贤。《天知道》里的祈天，他的恶念源自性，却不终止于性；他也许是为了复仇，但他下手的对象却是一个局外人。我希望读者能从中得到意外的乐趣。

动因的成立需要铺垫，因此，这部小说免不了要有一个致密的质地——这正是我的第三个要求。然而事实上，这和上面两个要求又是相悖的。致密的质地，常常也意味着细腻的心理阐释，而为了保持必要的阅读张力，你不能将谜底提前泄露：既不能提前泄露他的下一个动作，也不能走漏他的心理走向。既要致密，又要保密，这正是难度之所在，耗费心力，却也富有乐趣。

《天知道》30万字，我写了两年。到底写了几稿，我已无法算清了。它原先的名字叫《有病》，大概能算一个关于性和死亡的病象报告，写到一半，它成了《天知道》。小说的前面有一个"题记"："真相是无底洞的底。"其实，小说创作，也真是一个无底洞啊。

2007.10

《视线有多长》自序

如果说写小说类似于恋爱和喷发,那么选编自己的小说集就相当于从自己的孩子里挑选出一些,把他们组成一个小团队,在公众面前表演、亮相。这是一个愉快的过程。

这本书里的 14 个短篇,大多是我近几年的作品,此前的集子没有用过。这几年我短篇写得很少,主动实行"计划生育",每年仅两个左右,因此选这个集子并无披沙拣金之累。虽然这些篇什基本被各种"年选"或选刊选载过,但我不能据此就说它们都是杰作。写一个好作品何其难也。写得少,说明下笔谨慎,也可能暴露了我的笨。我希望"少",也能意味着"好"——比以前更好,达到自己可能达到的高度。

好小说必须有情感,一个恰当的温度;精湛的技术和优秀的语言也不可或缺。

技术和语言,体现于小说的结构、经络和肌肤。巧妙智性的结构应该是合理的,可以奇崛,其实也科学;而语言直接造就了小说的质地，一眼望去，应该气韵生动，让你有用手摩挲的兴致，甚至有把脸贴上去的欲望——好好读，细细地读。

这些无非是常识。小说的情感也是常识。小说当然是有温度的，它是活的，有体温。但小说的体温久已被刻意操弄，或者，疏忽。有几个刻度具有表征意义：零度；摄氏37度；沸点。所谓零度就是冰点，以客观和貌似冷漠的态度叙事。这首先是一种哲学，一种人生态度，态度是它对小说的最大贡献。这条路上标志性的大师早已站定了位置，任何后来者其实都是在模仿。我们可以模仿结构、语言乃至其他，但模仿态度，就有点像小孩学大人板着脸说话了。

诗人可以发高烧，但小说家不行。如果不予控制，任能量燃烧，人烧到43度基本就"挂了"，小说没到结尾也差不多就已经死掉。诗可以蒸腾，小说基本不可以。

我向往的小说，其体温在38度左右；或者比正常体温略低，36度——略高或略低于正常体温，是小说恰当的温度。小说和读者接触，触手温热，给他冰凉的手以慰藉；温润如玉，是因为小说的体温比接触者的略低，他感到清凉。小说总该让读者有所感。

小说理当给读者以刺激，有别于日常生活习见的刺激。如果硬要让我选择，我宁可选择从背后给读者一闷棍，打得他半天犯迷糊，或者迎面而来，冷不防戳他个透心凉的小说——这样的小说虽然显得阴险或凶狠，但它秉持了恰当的热度：因为关切，所以狠辣——但我绝不选择37度的小说。这样的小说就是所谓温情小说，也可称温吞水小说。它写世间真情，寒冷冬夜的温暖,诸如此类,不一而足。这基本上属于心灵鸡汤的大碗版,颇讨喜。但这样的"鸡汤"哪怕你细分成"心灵公鸡汤"和"心灵母鸡汤",其实加的都是鸡精。

人世间的温情和信任我们岂有不知呢?我们坐在大巴里,大巴行驶在盘山路上,车头永远对着悬崖,我们的命就交在那个素昧平生的司机手里;坐飞机,机长决定生死,我们大多并没有见过他……这些都是事实。但在凛冽的世风中,一味温情,也许是过于选择性地聪明了。读小说是渗透,也是拥抱。我拒斥同性的体味,肌肤相贴地拥抱一个同性,我觉得不舒服。

这或许是偏见。所谓偏见,就是至少自己确认。拿以上的态度揆诸自己这本书,我大概没有自唾其面。

写小说,说到底都是写自己。风格就是你自己。也许你的风格不那么凸显,不那么头角峥嵘,但这没关系,时间和风霜会淘洗你。最核心的东西终将留存屹立。我当然知道风格的彰显大有捷径,不说写小说,就说一个普通人,要出名,其实也有诀窍:人家在大街上走路都穿衣服,你只要不穿,你就拥有了风格;因为人与人的千差万别,身体和身体的千姿百态,你的风格肯定是独特的。如果你敢于在大街上当众轻解罗裳,或者索性把床搬到广场上,那一定更是惊世骇俗——但是,在见多了类似的表演后,我倒觉得,五彩缤纷的服饰,欲隐还遮的人体,才是更可贵的。这才是真正的艺术,真正的风格。

2014.8

"众声喧哗"中,我们如何面对民族记忆

这个题目是我自拟的,其实涉及了这次活动的两个主题:"新媒体环境下的文学变革"和"文学写作与民族记忆",对这两个话题,我都有感触,但谈不上深入研究。我要说的是,在这个所谓的新媒体时代,文学如何自处,如何深入和提升。

所谓的"新媒体时代",就当下而言,已经是一个"众声喧哗"的自媒体时代。人人都是发言人,人人都是作者。如果我们承认"微型小说"也是一种小说,那么有些"段子手"的作品其精彩也不亚于传统意义上的小说作品。科学研究是有门槛的,没有接受严格的科学训练,则不可能从事科学研究并取得成就,屠呦呦至少也上过本科;但现在的写作就不一样了,识字的都能写,会打字就行。于是呈现了类似于二十世纪六七十年代的"全民写诗"的文学奇观。这导致了文学人才的涌现,也造成了快餐化、浮泛化和以点击率评判文学的现状。对一个从事"纯文学"创作的人来说,这是个前所未有的局面。

传播学上有个"第三人效应",最早是由美国哥伦比亚大学戴维森教授于1983年提出的。它阐释的是,我们通常认为,一种普遍的现象或观点,对他人的影响要比对自己的影响要小得多。"第三人效应"指出这是个误解。事实上,新媒体时代的传播特性,已经在无形中影响了几乎所有人,包括读者,也包括作者,还包括很多所谓传统的作者。我个人曾拒绝手机上网,认为绝大多数时间面对电脑的人不需要手机上网,其实,这个时代以技术为诱饵,已经把绝大多数手机用户拽到网上了,我也不例外。新媒体已经悄然影响了我们的文学创作。且不说网上的写手,因为必须考虑点击率和人气,他们早已开始和读者的互动,读者可以引导甚至挟持作品的情节;即使是从事纯文学的传统作家,其作品的面貌也发生了一些变化。我曾指导过一篇硕士论文,研究的就是影视对作家创作的影响。蒙太奇早在影视初期就已渗入文学,现在,画面感的增强,画面切换,大段对话,场景跳跃,以及大篇幅景物描写的消失,都可以看到影视剧本的影子,有的小说几乎只需经过简单转化就可以作为分镜头剧本。这样的变化或许丰富了文学的手法,但有时也是文学的陷阱。

快阅读,或者直接称"悦读"也是这样。它加快了文学的节奏,但也导致了"心灵鸡汤"的泛滥。其实不必一味反对这类文字,但"心灵鸡汤"的矫情和夸饰,常常是一种加了味精的汤。严重的是,这种鸡汤培养了一群、一代甚至后代人的审美口味。这些东西人气高,经济回报高,但恶化了传统文学作品的创作和传播环境。

在这种文学背景下谈"家国情怀",谈"民族记忆"似乎显得有点凌空蹈虚。但必须看到，也许正是"家国情怀"和"民族记忆"划出了传统的纯文学与浮泛的流行文字之间的分野。这在某种意义上设定了难度，但有难度才有意义。个人体验、家族史、民族记忆，都是文学的宝库。把这三个结合起来，才有了《红楼梦》。我们现在基本都是电脑打字，写字远比前辈轻松，但是，我们离前辈倒似乎更远了。

我的长篇小说《白驹》，写了抗战期间日军的一匹白马，一次战斗后遗落到一个中国百姓的家里，给他家带来了短暂的兴旺。白马非马，这匹马既是战争工具，又是生产资料，又是战利品。随着国内战局变化，日军、新四军、土匪，都展开了对这匹马的争夺，最终，"解放战争"中，落到了新四军手中。我试图以小博大，接近战争的本质，写出战争的另一面。

将来我也许会重写这个长篇。

（"2015 两岸文学对话"上的发言，系录音整理稿，2015.11）

自序：从抓痒到点穴

我在创作上不可谓不努力，却也是个粗疏的人。某日回头一看，我竟写了三十年了！这可怕的跨度，覆盖了我人生最精华的部分。我惊一下，开始发呆。

我在高校工作了近三十年，直至调入江苏作协从事专业创作，此前一直算是业余作家。身份的变化似乎并未给我的创作带来多大的影响，反正就是要写。倒是年龄，从青年到中年，有个隐约却也深刻的分野。那时候年轻气盛，身板也好，看到什么，读到什么，想到什么，回家摊开纸，写；用上电脑后，写得更快。有的年份竟然能写二十多万字的中短篇，现在看来，不由得自我佩服，简直是疯了。当时的一些篇什，如《暗红与枯白》《红花地》《看蛇展去》《和辛夷在一起的星期三》《变脸》之类，现在在重读也并不觉得丢脸。当时评论界开始关注我，我也是各类选刊的常客，读者来信常常不期而至，难免有点自得，年少轻狂了。这显然有问题，但我当时并未自觉。记得一个批评家在评价《和辛夷在一起的星期三》时,说小说具有绸缎般的光滑质感,有绷紧的张力;可是在另一篇文章里,他夸了我一顿后,却又说道:"他似乎缺乏把自己塑造起来的坚定。"这针对的是我的文学姿态,近二十年过去,我仍清晰地记得这句话。不但我记住了,在最近的研讨会上,有个论者竟然也记得,这个很可怕。我记得这句话,倒不仅是因为"把自己塑造起来的坚定"是李敬泽说的,而是这话确实到位。我曾说过,小说特别重要的是腰眼,他这话击中了我的腰眼,但当时我身体皮实,疼是疼的,但并未被打得岔气,就这么晃荡着继续走路了。

回想起来,年轻时逮到什么写什么,尽力把这个题材、故事、想法写到最好;哪里有感觉了,哪里痒了,就去挠挠,抓上两下。这是一种"向内"的写作,可称为"抓痒"式书写。年轻时身体是不疼的,多的是游走的痒,这种抓痒式的写作,就像造房子,每块砖,每片瓦可能都质量上乘,结实得可以当锣敲,但是,我恐怕确实没有明确地意识到自己是要去造房子。造房子需要事先的设计和规划,工程建设领域被猛烈抨击的"边设计边施工"倒还真有点像我中年以前的创作状态,我诚实地承认这一点。聊以自慰的是,当年的那些作品,作为砖瓦,它们专属于我,风吹雨打后,它们仍堪使用,房子造得慢些也许不全是坏事。

四十岁前后,我一连写了四个长篇。有人说《白驹》抗住了时间的淘洗,其实其他三个,关注领域各异,笔法有别,但都注入了心血,我并不后悔。它们和此后的一批短篇小说,宣示了我中年后的创作立场,那就是:专注于痛点。

不再年轻的人，荷尔蒙减少，不会也不应再那么快活得没处抓痒的样子，一双视力减退的眼睛反倒具备了更锐利的洞察力。世事急剧变化，人心如鼓，满街的汽车载着企求和欲望在狂奔。但佛观一钵水，八万四千虫；一花一世界，一叶一菩提。写作者所面对的外界，变幻万象，其实也可看作一个生命，一具身体。这具身体时而一路狂奔大汗淋漓，突然也会跌坐于地，呼吸窘迫。西医说是乳酸堆积，肌肉酸痛；中医的意思是，痛则不通，不通则痛。超强度的运动和违反人体工学的反关节动作，已经使身体受了暗伤，但它停不下来。我专注于那些痛点，因为我自己其实也在疼。

　　据说西医解剖学否定了经络的存在，至于穴位，更认为是子虚乌有。好吧，我们不抬杠。但人体中，那些神经和血管的交汇处总难以否认吧？打针打在屁股上，还不就是因为那里皮粗肉厚，血管和神经少吗？作家的职业病椎间盘突出，动起刀来就必须格外小心，弄不好就会半身不遂，也就是因为那里特别复杂娇贵。我希望我的小说能准确找到那些要害处，精准下笔。

　　作家不是医生，他拿的不是手术刀，倒类似于画笔。只是这画笔既要有毛笔的柔软，又要有油画笔的弹性，有时甚至连刮刀都要使上。多少年之后我们回头看，我们身处的时代是多么精彩啊，我们视线中那个奔跑不歇的人体又是多么奇诡。事实上，我们同时也是这具人体上的寄生虫，我们是它上下颠动、左右牵连的五脏六腑，是它狂跳不止的心脏，是它疼痛变形的脚趾，甚至就是那个人本身。

　　但是我们要跳脱出来。虱子飞离头皮，灵魂出窍升上半空，俯瞰，然后游走。我们要观察。我们要找到往复运动中的关节，找到血管神经汇聚点，找到穴位——我偏要用这个词。点穴般的写作是我中年写作的故意。打蛇要打七寸，常山之蛇，"击其首则尾至，击其尾则首至，击其中则首尾俱至"，说明那个七寸就是蛇的要害。

"头痛医头，脚痛医脚"当然是可笑的。小说虽不是疗方，但我们也知道，头痛可能是心脏不好，脚疼很可能是腰出了问题。我不担心坠入盲人摸象。做得好，局部可以代表全体，刑事侦查中，一根毛发，一点皮肉，都包含了人体的全部DNA，不会被误认为动物的皮毛；哪怕阅读者不使用刑事侦查眼光，但我多写一点，自然就必然能笼罩整个身体。

近年来，我的一些短篇，《止痒》《要你好看》挑破网恋的时代"情感"；《吞吐记》和《郎情妾意》力图爬梳婚姻与物质的关系；《阿青与小白》和《大案》观照城市边缘人口的窘境和伤痛；《绝对星等》通过一个天文学教授的遭际，呈现了星空与拆迁土地的紧张对立。即将发表的另一些小说《放生记》《然后果然》《七层宝塔》等，则对大学教育、失业和城市化伸出了小说之指。

福楼拜说："我们通过裂隙发现深渊。"所谓裂隙，就是距离，是两个个体间的关系。人的一切感受，哪怕是人与物的触觉，归根结底都可以归因于人与人的关系。你坐在沙发上很舒服，周身通泰，那个沙发也是有人挣钱买来的，沙发是别人动手做的；有人在街上挨了一枪，子弹由他人发射，枪弹由历史上的人发明，并被造出来对着他人，扣动扳机。外界即他人。这样的写作发端于自身,但却是一种"向外"的写作。

对小说来说,不同质的人物关系最为迷人,男人与女人、老人与孩子、城里人与乡下人、领导与下属、文质彬彬的君子与一个粗胚,如此等等,都形成了有趣的碰擦和对峙,这里容得下庖丁之刀。警察与小偷常写常新,显然埋藏着小说的秘密。我也特别关注现代科技对生活的楔入。科技的发展,常常直接指向人的欲望,而这欲望往往正是病灶。对科技的关注看似失之时髦,但其实很高效。

我的想法是:继续写,造砖瓦。每一片砖瓦都必须硬实,尽可能经得起敲击,最好能发出金石之音。庶几,我终将建成自己的房子,甚至是塔或者碑。

这个集子的前两篇《暗红与枯白》《和辛夷在一起的星期三》是旧作,分别得过第一届和第二届紫金山文学奖,我自己也有敝帚自珍的感情,故收入。此外十一篇均是这两年的新作。

(《要你好看》自序,2016.7)

文学的乡愁应该有开放的胸襟

乡愁普遍，却也复杂。

在现在的都市人群尤其是文化人当中，乡愁是一种普遍的情绪。急剧的社会变迁和人口迁移，制造了巨量的少小离家或成年后离开故乡的人。从另一方面来说，有史以来最大规模的城市化进程，也导致了普遍的乡村变化或消失。在这种背景之下，乡愁开始酝酿，并越发浓烈。有文化能表达的人，掌握了话语权，他们用各自的表达方式，慨叹光阴流逝，抒发乡愁。在某种程度上，抒发乡愁已成为文化人的一个认证标记。各类艺术形式也各施所长，对乡愁的书写几乎呈现了接续唐宋、发扬光大的势头。

但乡愁其实很复杂。思念亲人，留恋故乡，都是题中自有之义。故乡是我们祖辈的终老之地、父母之邦，亲情和友情从来都是我们的精神根基，而故乡熟稔的生活方式乃至文化和风俗，其所带给我们的安逸和祥和，当然也足以让我们留恋——这大概是乡愁的自然属性，可谓生物性的乡愁。

另有一种乡愁则更复杂也更深刻。在一些乡愁者心中,"一去二三里,烟村四五家。亭台六七座,八九十枝花。"这样的乡村故土,长幼有序,世风淳朴,是他们的精神桃花源,也是他们在城市化过程中难以忘怀的心结。至于这样的桃花源是否与事实相符,甚至是否真实存在过,类似疑问都在文化正确的先入之见下,被忽略被悬置了。

众所周知,作为农业大国的中国,乡村是一种主要生产生活形态,曾在历史上延续了漫长时期;几百年一次的动荡和革命,间歇性地摧毁过这些乡村,但这样的乡村生命力顽强,也是不争的事实。当下的现代化改造和城市化进程,正以可能是前所未有的力度和规模,改变着几千年一以贯之的乡村形态。这样的变化有点摧枯拉朽,难免伤筋动骨,于是,稳定和安详被怀念了。人们不仅开始怀念乡村故土的山川河流,风土人情,也开始怀念乡村曾经的士绅治理结构等文化和政治的因素。在急剧变动期的当下,有人发出礼崩乐坏之叹,我们可以体谅为源于对安定生活的向往,但假如选择性地忽略传统乡村的闭塞、落后和种种不合理,我觉得也有提醒的必要。

传统的乡村远没有那么美好。我曾在乡镇度过童年和少年时光。那时的乡镇还保留着相当浓厚的传统余绪,"大相公""二相公"还被人用来称呼人家的大儿子二儿子。但是,回头想来,现在已被公认的一些文明观念,在那里却丝毫不见踪影。譬如,环保,我们小镇有一条小河穿镇而过,那是交通动脉,是吃水的水源,其实就是小镇存在的基础,但是,在我记忆里,家家的垃圾,不管是生活垃圾或生产垃圾,全部直接倾倒在小河里。小河日益变浅而且瓦砾遍底。我就多次在戏水时被扎伤。还有个不成文的公约，那就是谁家填起的地方，天生就属于谁家的，可以起房子。其结果是小河日渐狭窄，最后只能填平了事。这并不能仅仅归结为环保意识不够，其实还牵涉土地制度和乡镇治理结构的颟顸无力。

当然我们也可以举出相反的例证，譬如古代许多地方的封山育林、封湖育鱼的乡规民约。但是，现代的法治譬如《环境保护法》等，难道不更好？这是世界潮流，也是国家进步的不二法门。说到底，是面对大变化，身处变革时代的惶恐和无力感导致了对传统乡村的记忆美化，呈现出来的有时就是"文化的乡愁"。

这里并没有贬低或嘲讽乡愁的意思。只是对乡愁，恐怕也要反躬自问。抱残守缺、因循守旧是一种可疑的乡愁。传统乡村当然保有很多美好合理的因素，譬如沿水而居或依山而建的民居，含有天人合一的原理，乡绅治理也有其合理因素，这些不言而喻，但是，身处繁华都市、享受着现代文明成果的人，似乎也不能忽视乡村里那些期盼着科学和文明的眼神。是的，那些在都市里漂泊劳作的人，他们没有高深的文化，甚至不识多少字，可他们也有乡愁，他们的乡愁里除了对亲人的想念，更多的可能是，希望家人能到城里来，一家团圆；或者老家的村庄也能发展起来，生活舒适，能有工作机会。

有个有趣的问题是问城里人的：乡愁的人，你为什么不回去？我们的体验，和我们看到的是：回去了，住不长，因为条件差，住不惯，于是只能在城市里继续乡愁。可不可以这样说：让别人住在乡村，保有乡村，我们在城市里乡愁，有一点不那么厚道？

还有一个问题也很有意思。这些年来，各地出现了许多新建筑，其中有一些被称之为"假古迹"，受到了普遍的挞伐。显而易见，把仿古建筑名之为"新古迹"，本身就是一个精致的嘲讽，一种批评策略。这样的挞伐自有道理，但是也不可偏激。我所知道的是，北京的故宫始建于明代，其后多次被焚毁，多次重建，现在我们看到的是清康熙三十四年（1695 年）重建后的形制。假如永乐帝不建，此后烧毁了也不重建，故宫还是今天这个辉煌完整的皇家宫殿吗？其实，所有的古迹原本都是新建的。倘若我们的古人面对废墟，只会发思古之幽情，现今遍布华夏的古迹从何而来？我们的文化又向何处附丽？

这有点扯远了。还是回到文学。文学里的乡愁，我认为应该是开放的，应该抱有吐故纳新的胸襟和批判的锋芒。在这个问题上，鲁迅的剖析是深刻而伟大的。我们既要看到《红楼梦》里的哀叹和挽歌，也应看到作者对落花流水春去也的接受和确认。

2016.9

关于写作的乱想

对于文学,我是想的时候多,写的时候少。每天写,日产几千字甚至上万字,对我而言,那是疯了。近年来我只写短篇,满负荷工作,一年最多四五个。大量的时间用来读书,还有,乱想。

有一种迹象:为人不谈《红楼梦》,纵谈诗书也枉然。不谈《红楼梦》似乎已开不了口。好吧,我也来说几句。我奇怪的是,那么多人吃红楼饭,或者喝红楼茶,可为什么多考据,却绝少有人从写作学角度去研究红楼梦呢?谁写的,谁批的,谁续的,那是几百年前的事,大概永远也搞不清,是不是正因为有乐趣,无风险,才更令人趋之若鹜、乐此不疲?但我觉得,把《红楼梦》研究搞得像阿加莎·克里斯蒂的小说,好玩是好玩的,但意义不那么大。一部伟大小说摆在面前,为什么不多研究它好在哪里?我们可以如何借鉴?作为一个写小说的,我更关心这个。

就说大观园吧。它是女儿国,是谈情说爱、拈酸吃醋之园,也是钩心斗角之地,但它不是空中楼阁,不是无所凭依的雾中楼台。元春是大观园建立的缘起,也是它上方的悬索,差不多就是命悬一线的那个索。大观园是相对独立的,但应该注意到,它同时却也通过几座"栈桥"与外界相连。大观园富贵温柔,莺声燕语,但这几条与外界的通道,几次与外界的来往,却是大观园存在的社会基础和社会背景。袭人从大观园回家,她的平民之家与大观园形成了通连和对比;晴雯被驱逐出园,那一番惨景,与袭人的家境一起,构成了环绕大观园的市民社会,这是近景。刘姥姥的三进三出,出尽洋相,却巧妙地为大观园布设了当时农村生活的远景。

元妃省亲让大观园和天家相接,袭人晴雯连接了市民社会,刘姥姥通向了农民农村,傻大姐捡到的"妖精打架"则暗示了不明确的更多隐秘通道。所以大观园不是全封闭的,它是活的。作者开的这几个门,通天达地,大有深意,也极尽巧思。

所以可以浓缩和象征,可以建设缩微景观,但是,它得透气,有气才活。

小说要塑造人物。可我们为什么轻忽了外貌描写呢?你要表现性格,外貌难道不是性格之表?哪怕表里不一哩。我们希望人物立得起来,希望他走进人心,那给他个外貌,有的时候简直就是前提。姑娘小伙相亲,讲究眼缘,第一眼看的啥?还不就是外貌?生活逻辑也是小说逻辑。

"脸谱化"当然不好,但没有脸恐怕也不好。一个面目不清的人,在小说里晃荡,这是现代派的路数,我也干过,我的小说,有主人公通篇没有名字。但是对所谓现实主义的小说,外貌有大用。京剧的脸谱，忠奸善恶，阴鸷豪爽，虽说简单化了点，其实也便捷。

小说家需要有画静物的能力，但小说从整体上说并不是静物。小说要动，灵动；小说人物也要动。要写好人物的性格，让他遇到事件、经受考验是个好办法，有的时候还要对他施加压力；要写水面，可以扔个石头；写锣鼓，最好去敲几下，"偷来的锣鼓打不得"，但小说家要会敲锣打鼓，能敲出花式更好。人家搞古董的经常在电视上示范，看瓷器是否有裂，用指关节敲敲，这一招连假专家都会的。只会用眼扒着看，何其笨也。

一个人，面对饭桌：拿起一根筷子，用力拗断，筷子的结实度，人的力量，都出来了；拿起一双筷子，啪地拗断，这是情节，有意思了；抓起一把筷子，用力拗，双臂肌肉凸起，面红耳赤，但筷子不断，这里头有哲学了。

好小说大多有一点哲学。有的时候，素材中自带哲学，另一些时候，哲思早已跑在前面，等着材料围拢过来。这都没关系。但形而上是重要的。

《七层宝塔》获得了第七届鲁迅文学奖。这篇小说对我来说是个异数，它本不在我的计划之内。某一日，我们去参观"农民新村"，看到那些目前尚还是农民的"新城市人"，我突然心中一动，觉得可以写个东西了。我想了一年多，终于找到了小说的"关节"——我称之为小说的"腰眼"；真正打字，也就半个月，很顺。事后回想，写出这个东西是有因缘的：我17岁之前生活在小镇，我熟悉那里的人和事；我大学学的是农田水利；我的妻子是水利专家，专业是城镇规划，她难免回家跟我叨叨……这些都是准备。点燃一堆柴火,只需要一根火柴。

  我说过,我想得多,写得少,但也有几百万字。从中挑出一个短篇集,难免踌躇。这么说吧,这个集子里的20篇小说,都是我各个时期短篇写作的代表。未必最好,但是我自己喜欢。

  是为序。

(《夜晚的盛装舞步》代序,2018)

小说的腰眼

中学时,语义老师说:写文章要"虎头、豹尾、猪肚子",意思是开头、结尾和中间都很重要。我听得笑了起来。是啊,全重要,所以作文不好写。

写小说多年,我终于明白小说其实是个活物。虎也好,豹子也好,哪怕是只猪,总之是个活物,不是拼接在一起的"四不像",不是拼盘肉菜。倒更像是个人,会呼吸有爱憎的人。别忘了,人要紧的地方其实是腰眼。

这腰眼是支撑。是活物之所以为活物的轴心。前仰后合,左右转动,弯腰抬头,靠的都是它。腰不好,你头都抬不起来的。

多年以前,我曾编过一本书,《中国历代寓言150篇》。为此,我找到尽可能多的寓言,细读,津津有味。其中有一篇《常山之蛇》,出自《孙子兵法·九地》:"故善用兵者,譬如率然。率然者,常山之蛇也。击其首则尾至,击其尾则首至,击其中则首尾俱至。"这条叫率然的蛇,被用来说明兵阵。一打它中间,则首尾俱至,实在很吓人的。吓人,说明这是要害,是关键。小说的腰眼也很关键。这个腰眼,很可能就是小说中间的变化和转折。

  腰眼不见得就要亮出八块腹肌,也可能被衣服挡着,甚至棉衣挡着。但腰眼就是腰眼。

  我总认为,看了开头就知道结尾的小说是无趣的,哪怕你最后尾巴摆一摆。腰不好,那也就是死尾巴,是死尾巴在动。腰眼决定了小说的力量。就我而言,找不到腰眼我不会动笔。

  写小说,哪里有经验可言。以上只能算是野狐禅。

2018.9

清蒸还是红烧？

作家是做菜的。大部分情况下，你可以自己挑选食材，但另有些时候，食材已摆在你面前，就看你怎么做。2017年春节前，老家的亲戚送来一只甲鱼，很大。这就是《放生记》的缘起。

这只甲鱼自带故事。我们把它养在水盆里，等过年吃。它很安静，不吵不闹十多天。过年前，我们准备杀甲鱼吃了，就商量着明天谁来动手，怎么吃，也许这时候它已开始躁动，但我们没有察觉。等到夜里，它开始闹了，我睡到半夜被推醒，原来是甲鱼爬出了水盆，爬到了卧室门口，在那里抓门。好不容易把它捉回去，很快它又在盥洗室闹出了更大的动静：它头伸进地漏里，四个爪子使劲挠地，正妄图上演绝地逃生。这一夜的睡眠一塌糊涂，我多次跳出被窝，冻得几乎要感冒。它的闹事确实收到了奇效，第二天我们商定：不吃了，放掉。它迟不闹，早不闹，说要吃它了，它就闹，这不成精了吗？食之不吉。我们打车跑到玄武湖，把它放了。

这是事情的原貌，是做菜的材料，但是我还不能写。生活常常这样，会推送一个事情来，但我从不贸然下笔。原始版的"放生记"也许有趣，但它不是我期望的小说。我理想的小说，必须灌注写作者的智慧。人物设置、故事走向、叙述腔调，甚至开头一句话，都会让我反复掂量——也许写着写着会变，会改变初衷，但下手前的思虑在我是必不可少的。于是，小说有了三个人物：副教授和她的两个学生，乙和丙，"小亿"和"小炳"领命去放生；还有个学生"某甲"，甲鱼就是他送的，但他不算主角。既然放生，还"记"了，放生的过程就应该一波三折；人有心思，甲鱼也有心思，还有本能，这是题材自带的腾挪空间。

2017年过年前，我已知道我将离开专业作家岗位，去编《雨花》。作为一个曾做过多年编辑的人，我知道至少一两年，我写不了。于是，我一气写了七个短篇，留着慢慢发，其中就包括《七层宝塔》，倒数第二个是《放生记》。对这只甲鱼，我想了几个月，某一天，我突然看见，故事的结尾处，小亿和小炳把卖甲鱼得来的钱丢了，才对自己说：可以了，动手吧。

"本来无一物，何处惹尘埃？"

面对不期而至的甲鱼，食材，我是见猎心喜，却又无从下手。甲鱼没吃上，我倒对着甲鱼远去的背影反复思量。在甲鱼脖子上拴一根线，牵着它往湖边走，"遛鳖"，甲鱼哪怕是要被放生，恐怕也不乐意；在甲鱼爪子上涂上墨汁，让它在宣纸上爬，然后装裱起来，宣称这是艺术品，我觉得省心倒是省心的，但考验的只是脸皮厚度，没意思。一只甲鱼，无论是清蒸还是红烧，都有讲究，都有难度。有难度的写作我才觉得有意思，哪怕是做生鱼片，原味，也讲究刀功哩。小说不是生活，是生活开出的花。

(《放生记》创作谈，2018.11.18)

小说物理

到目前为止,人类现实生活的支柱,依然是牛顿的经典力学和麦克斯韦的电磁理论。自行车、汽车、高铁,茅草屋和摩天楼,电话、手机、互联网,凡此种种,它们的基石,无疑是经典物理学。空间是三维的,时间匀速流逝,永不回头:经典物理学几乎完美地解释并指导着我们的现实生活,是人类生活的定海神针。

正因为此,现实主义将永葆青春。

我们都是肉眼凡胎。思念不得不被距离阻隔,哪怕你有了高铁和飞机;衰老永远在进行,即使你天天十全大补再加广场舞,你也等不到长生不老药——这是天理,我们反不掉。佛家所说人生八苦:生、老、病、死、爱别离、怨憎会、求不得、五阴盛,五千年前是这样,五千年后还是如此。不要藐视现实主义。

当然还有爱因斯坦的现代物理学。正因为突破了我们的日常感知,他才伟大。但原子弹太过疯狂,基本已被逐出了人类日常生活；量子纠缠和人体通过线路远距离输送之类，即便不能斥之为人类自制的春药，但离我们还很远。我们的生活，主要还是凡夫俗子的日常生活。现实主义远远没有走到尽头。

小说内含能量。动能和势能。

动能是运动、活动，是闪展腾挪；势能是张力，是引而不发。这两者的搭配和转换十分重要。一杆枪，挂在墙上，它响不响，什么时候响，就是一个势能和动能的转换问题。我不喜欢太闷的小说，足球"九十分钟不射"是个笑话，短篇小说通篇不亮也是无能。小说家不能光会积蓄势能，应该果断而恰当地把势能转换成动能。短篇小说里应该有一盏灯，而且，它应该亮，至少亮一下。

小说的能量当然也不能释放干净，剩下的应该让读者感知；所谓读了后心有所感，"沉甸甸的"，这就是小说剩余能量，主要以势能的形式存在。

优秀的小说必须有人工痕迹。所谓"浑然天成"，有时会把人带到沟里。汪曾祺的小说浑然天成？我看不见得。我似乎看到汪老构思时端坐不动，翻着白眼思考的样子，我还看见他小说里的故意或者刻意。

匠气不好，但必须有匠心。所谓的现代艺术或者行为艺术，拿一坨烂泥，摆在托盘里，宣称这是艺术，这很滑稽。听说还有人拿过一坨屎，这是害怕没人理，撒娇哩。这不是匠心，营销而已。拿到一块材料，仔细打量，审时度势，心游万仞，找到可斧凿之处，这是小说家的真正乐趣。

关于素材或者材料。与之对应的，是器物或艺术品。

钢铁，可以做成手枪，也可以做成锅；塑料可以做成花，也可以做成吓人的玩具蝎子。有的时候，小说的技术，决定了小说的形状和肌理，甚至会影响小说主题。

前几天，参加南京大学的"小说之夜"，小说家朗诵自己的作品。我读了长篇《牛角梳》的开头。主持人很友好，说好的男作家，果然都善于写女人。谢谢。

其实呢，不管女人和男人，本质都是人。每个男人心里都住着一个女人。写女人，你当然应该记住女性众所周知的生理和心理特点，但立足点必须是：她是一个人。

写小说，最该着力的，是"最大公约数"，就是说，关注人类的共同情感。过于强调特殊性，其结果是缺乏概括力，最终失去共鸣。

2019.5.24

花与种子

我曾说过,小说不是生活,小说是生活开出的花。接着这话问一句:花的种子是哪里来的?

没有种子,自然没有花。即便是扦插,那母枝也是有来由的,追根究源,还是要有种子。对小说来说,种子就是一个念头,一个想法,但它是小说得以孕育的核心。就我而言,窗外飘来的一段音乐,读书时的某一段文字,或者,朋友聊天的一句话,等等,都可能成为一粒种子。某一次朋友来电话,告诉我他家的狗死了,他的声音平缓,但是痛苦。我拿着手机心中沉了一下;他一声叹息,我的心中又动了一下。仿佛,有一粒火星凌空向我袭来,我的头脑瞬间被激活了。我当时的表情肯定有点怪异,但因为是通电话,朋友看不见。待他说完,我告诉他,有个东西,我可以写了。

我问他,狗死了你们告诉你儿子了吗?他说,告诉了。我知道他儿子未留学前,这狗是玩伴。现在虽然出了国,要瞒住他是难的。朋友是个教子有方的人，也许主动告诉儿子，本就是一种挫折教育甚至生命教育，总之朋友没有瞒。于是我告诉朋友，我要写个小说，小说里的狗死了，家长瞒住了远隔重洋的孩子，他们不忍心；他们抱了另一只相同品种的狗回家，叫它一样的名字。他们希望孩子回国时看不破。

朋友是一位著名作家，因为没有征得他同意，我在此不说他的名字。总之空中突然飘来一粒种子，我接住了，而且，我对这粒尚看不出品种的种子，充满了期待和信心。

这就是《岁枯荣》的来由。这小说应该是关于生命的，因为这粒种子蕴藏着生命和爱。然而，我一贯对于"鸡汤"充满厌倦，我曾在小说《加里曼丹》中调侃"鸡汤"，说"鸡汤"因其读者和功效不同，可分为"心灵公鸡汤"和"心灵母鸡汤"，有的壮阳，有的滋阴。如果我把生活送给我的种子当成中药材，炖出一锅药膳鸡汤，我要骂自己的——有了这个警惕，其实就不会了，不是吗？

小时候我曾看见过杀鸡。母鸡肚子里往往会有不少"蛋子"，它们大小不一，小的只有指尖大，大的就是正常鸡蛋，连壳子都有了，鸡如果不被杀，明天就能生出来。儿时看到这一幕，心中只有悲戚。现在我要说的是，小说家的脑子里，也藏着不少"蛋子"，它们有大有小，谁最大了，谁就先被生出。《岁枯荣》在我心里摆了很久，应该超过一年。

《大涅槃经》说，人生有八苦，生、老、病、死、怨憎会、爱别离、五阴盛、求不得，生老病死占其半。这就是生命，就是枯荣。父亲离世后，绵绵伤痛延续至今。我和儿子从来不提他爷爷,这是我们的禁区。但是在《岁枯荣》里,人物戴着面具上场了,他们话不多,但他们用小说的方式做出表达——之所以戴面具,是因为小说需要克制,叙事不可以直白;戴上面具可以掩盖过于激烈的表情。

其实所有好的宗教都应该是抚慰人心的。在《岁枯荣》中,儿子远赴重洋,由此勾连了东西方两种宗教。奶奶和孙子在某一瞬间,达成了理解。这是情节发展的自然结果。我选择或安排了情节,但我没有安排感情。感情是土壤,它等待也选择着种子。

2018年下半年开始,我试图让自己的小说有所变化。我希望能够虚一点,虚一点或许更加丰富。我现在更在意小说的况味。《岁枯荣》后,还有《如梦令》《紫霞湖》《调笑令》等篇什,题目都是三个字——这近乎儿戏的一致,说明我对小说形式感,并未完全放下。

(《岁枯荣》创作谈,2019.5)

告别或重逢

如果说，小说是生活开出的花，那同样的土地，同样的气候条件，却能长出姹紫嫣红、形态各异的花朵，这是为什么？显而易见，根由在于种子。撒什么种子开什么花。写小说，观念就是种子。观念决定了小说家的眼光，决定了他的选材和处理。生活之土肥沃而复杂，不同的种子，各自选择它中意的养分。一个饥肠辘辘的人，发现一颗果实，他想到的是吃，把它吃掉，而一个小资的人很可能想捡回家，种出盆景来。

你看到的和我看到的不一样，你的选择和我的选择不一样，于是，同样一片土地上的小说家，永远能写出五彩缤纷的作品。

写了三十多年，我现在常常会惊诧：我怎么就成了现在这样一个人？

小说的深度，是常见的概念。但我更愿意说"小说的厚度"。

厚度包括两个向度：向上和向下。向上是辽阔，是超拔，是飘逸；向下是深入，是挖掘，是洞幽烛微。向上和向下两个向度，构成了小说的厚度。

向上，可能会失之于凌空蹈虚；向下，也可能会陷入琐碎芜杂。这两个向度，都可能会写砸，也都诞生过好作品，大可不必彼此鄙视。中国文学，也许比较缺乏向上的力度和意愿，但是向人情和人性的深度掘进，也未必就天生低人一等。马尔克斯踩着毯子飞行，卡夫卡钻地洞。一花一世界，一叶一菩提，向下的深度也是厚度。《金瓶梅》无疑是伟大的，黑暗中也别有洞天；但你如果说《红楼梦》更了不起，达成了日常琐细与神思飞越的完美结合，我也不反对。在我看来，《红楼梦》真正的卓越处，还在于它的人情世故和儿女情长。一僧一道和青埂峰之类，并非创造发明。

读什么书，读出什么，基本决定了这是个什么样的作者。读书是作家的磨刀石。

我现在编杂志，要看大量的来稿。突然想起一个问题：通俗小说和所谓的纯文学小说的区别，谁能简捷地说清楚？

三言两语，我也不行。举个例子吧。一个到轮船码头接朋友的人，翘首以盼，使劲盯着逐渐靠近的轮船。正看得眼酸，突然看见船上有个女的朝这边摇手，他精神大振，使劲地招手还往前面挤。这女子是他睽违多年的朋友，他们的关系带着玫瑰色……你如果这样写，再煽煽情，可能就是通俗小说了。好作家不这么写，好像是钱钟书的《围城》，他写码头上的人看见船上有人朝这边招手，也使劲摇手，但是摇着摇着发现不对了，本能地朝身后看去，原来身后有个男人也在摇手，而且显然，船上的女人的招手对象，是身后的这个人。于是，他尴尬、失落，还有点愤愤不平，因为招手的女人十分漂亮，却不是自己接的人。

再举个例子。与码头类似，是火车站台。不是重逢，是送别。

站台上的送别。双方握手，拍肩，还说了无数依依惜别的话，感情饱满，有真有假，不乏夸大之词。火车马上就要启动，他们再拥抱一下，就将分手——无论你给双方设置什么样的关系，不管你给他们涂上悲戚或是玫瑰的颜色，就这么写，依然不那么"文学"；写得越长，涂得越狠，越像网文。但是好作家会虚构，会把想象力用在要紧处。如果送别的双方，惜别的话已说尽，肢体语言也已用遍，这时候，站台广播突然宣布因为前方路况，火车延迟开车，这时候，双方心里难免略噔一下，客人要走却走不了，送客的也只能在站台上继续陪；十分八分钟也就罢了，运气不好的话，还会再次被延迟。这时候他们说不定就会想起，当年除了情深谊重，也有过反感和龃龉。他们会尴尬，会没话找话，"人不留客天留客"之类，但大概率的可能是：彼此厌烦，无言以对。

这样的场面是对生活的推演，我觉得很文学。以上两个例子都关于情节，而情节现在常常被藐视甚至鄙视。但我要说，情节能力，是小说写作的核心能力之一，其重要性，并不亚于语言和意趣。

情节适当的乖离和脱轨，是我的期待和向往。至于过于离奇，会使小说滑向另一种"俗"，则是不言而喻的常识。

《暗红与枯白》《看蛇展去》和《对方》，都是我二十多年前的作品，我早已与它们告别。今天有机会重逢，我并不觉得脸红。

2019.7

中国当代文学的发展
——以短篇小说为例

女士们,先生们,各位文学同仁,下午好!

中国是一个文学大国,文学传统源远流长。

以小说篇幅分类,小说可以分为短篇小说、中篇小说和长篇小说。但是从这三个类别的小说的产生和发展来看,中国小说和欧洲小说是很不相同的。根据西方文学史研究的一般观点,欧洲的长篇小说和短篇小说几乎同时产生,而在中国,短篇小说出现得最早,也发展得最为成熟。

中国有着悠久的小说传统。先秦两汉时期被看作中国小说的萌芽期,虽然这一时期并没有产生严格意义上的小说,但在各种神话传说、寓言故事和史传文学中已经蕴藏着丰富的小说元素。真正意义上的小说这一文体的确立,是唐代,在魏晋南北朝时期志怪与志人小说发展的基础上,一种小说样式"唐传奇"诞生了。唐传奇的兴起,标志着中国古代短篇文言小说的日趋成熟。到了宋代，出现了话本，小说随之发生了根本性变化，文言小说仍然在发展，但白话小说逐渐成为小说的主流。到了明清时期，中国古代小说进入一个黄金期。这一时期，不仅短篇小说得到了更长足的进步，登上了古典短篇小说的艺术高峰，长篇小说更是有了质的飞跃，产生了中国的"四大名著"（《三国演义》《水浒传》《西游记》《红楼梦》）。

中国现代意义上的短篇小说肇始于鲁迅先生。1911年，鲁迅先生以"周逴"为笔名，用文言文创作了他的第一个短篇小说《怀旧》，这篇小说被捷克学者普实克称作"中国现代文学的先声"。不久以后，鲁迅先生又创作了另外一部十分重要的短篇小说《狂人日记》，这是真正意义上的中国第一篇现代短篇小说。《狂人日记》显然受到了果戈理和弗洛伊德的影响，但它的语言，是中国白话文，而且还残留着文言文的痕迹，因此，中国现代短篇小说，从一开始，就是中西结合的产物。鲁迅先生是一位伟大的作家，他影响深远，并且正以多种形式在当代中国延续。鲁迅先生开创了中国第一个短篇小说艺术的高峰，也由此，拉开了中国新文学发展的序幕。以鲁迅先生的文学遗产和文学传统为精神之旗的文学创作，始终生生不息，激励着一代代作家在文学的道路上默默前行。

就短篇小说而言，短，意味着一种凝练；小，则体现出对于现实和历史的截取。它就不像长篇小说那样宏阔，那样全面而深入地介入现实和历史，因此，它在体裁上的重要性看上去就没有长篇小说那么突出。以二十世纪五六十年代为例，这个时期的中国小说，用中国文学史的通常描述，基本可以概括为"青山保林,三红一创",这是中国当时最受读者关注的八部长篇小说的简称,这八部作品分别是——"青":杨沫的《青春之歌》;"山":周立波的《山乡巨变》;"保":杜鹏程的《保卫延安》;"林":曲波的《林海雪原》;"三红":吴强的《红日》,罗广斌、杨益言的《红岩》,梁斌的《红旗谱》;"一创":柳青的《创业史》。这一时期,虽然也有不少的作家坚持短篇小说写作,但这显然不是短篇小说的时代。

在中国当代文学发展史上,短篇小说之花的重放源于中国的改革开放。改革开放,是新中国发展史上最为关键的一步。与改革开放相伴生的,是西方文艺的思潮纷纷涌入,由此,中国作家的文学观和艺术观在各种思潮的碰撞和熏染中得以革新。短篇小说也不例外。这一时期的短篇小说,不仅承继了中国古代短篇小说如《世说新语》《聊斋志异》的传统,而且极具想象力地吸收和发挥了西方小说对于形式的偏爱。博尔赫斯、卡夫卡、卡尔维诺、波兰的布鲁诺·舒尔茨等许多外国作家的短篇小说进入了我们的视野,一大批"中西结合"的短篇小说在中国横空出世,二十世纪八九十年代的中国文坛真可谓是"百花齐放、百家争鸣"。这一时期形成和流行的小说流派,几乎都和短篇小说的发展息息相关,比如"现代派小说""寻根文学""先锋小说"和"新写实主义"等等。这一时期,在各种不同的文学思潮和文学观念的影响下,短篇小说在故事、叙述、语言、结构等方面的创作方法上发生了根本性变化,中国作家开始向着短篇小说更为纯粹的艺术层面进行大胆的借鉴和实验。毫无疑问,这是一个当代短篇小说的文体革新与创新期,是一个短篇小说走向文体自觉的新时代。我不能完全肯定地说，这是一个短篇小说的黄金时代，但至少在与长篇小说的竞争中，已经不落下风。这一时期的短篇小说，以它短小精悍、直面现实的非凡属性，参与了中国社会、中国文学的激变和发展。

根据卢卡奇的研究，一般说来，短篇小说是长篇小说等宏大形式的尖兵和后卫，它们之间的消长起伏，标志着作家对社会变动的整体性认识的成熟程度。作为尖兵，它表现新的生活方式的预兆、萌芽、序幕；作为后卫，它表现业已逝去的历史时期中最具光彩的碎片、插曲、尾声。短篇小说和长篇小说体裁之间的这种历史关系的变化，显示了社会变迁和审美意识等方面的深刻发展。因此，在一个社会的转折期、转型期、转变期，短篇小说能够充分发挥它的文体优势，更容易敏锐地体察、深入时代肌理，更容易直观地进入、深入现实腹地，从而为时代所接受，为读者所认可。

中国当代文学已经在探索中行进了70年。70年来，中国诞生了许许多多优秀的短篇小说和短篇小说作家。在目前的中国，有数量巨大的短篇小说作者，有完善的筛选和发表机制，每年有超过万篇的短篇小说在超过一百家文学期刊面世。很多艺术成就斐然的作家，如诺贝尔文学奖获得者莫言先生、中国作家协会主席铁凝女士等依然钟爱短篇小说这个文体，常有短篇新作问世；更多步入文坛不久的青年作家乐意在短篇小说中展示他们的才华。包括鲁迅文学奖在内的各级文学奖，都把它们的目光投注于短篇小说。我可以自豪地说，就文学性而言，70年来的短篇小说是保持文学性最为重要的文体，许多作家通过短篇小说的写作，磨砺了自己的文学性。在某种意义上，短篇小说的价值和意义也在于此。

经过四十多年的改革开放，中国已经进入了一个新时代。而短篇小说在经历了几十年的发展之后，又迎来了新的机遇与挑战。面对这个日新月异的时代，我深刻感觉到时间的珍贵和多媒体融合的力量。长篇小说自有它特别厚重的力量，"长篇崇拜"自有它的理由，在这样的时代境遇中，短篇小说如何表现新的时代和新的生活，如何突破既有的窠臼实现新的突围，等等，都是摆在中国当代短篇小说家面前的难题。这些难题的解决当然不是朝夕之功，它需要我们这些置身于时代之中的作家，通过自己的写作，来不断地摸索。对一个作家来说，唯有努力地写，写出美感、力度和深度；全球的更多的作家各自努力，短篇小说将永远在文学百花园中，生机勃勃。

谢谢大家。

（本文系参加"品读中国"活动期间，在中国驻波兰大使馆的主旨发言，2019.10.11）

改出螺旋

每个作家都有自己习惯的视域、惯性思路和自己擅长的行文方式。往好里说，这叫风格，但把所谓"风格"的标牌翻过去，另有两个字：僵化。

我有没有僵化？

小时候，我们看电影，最喜欢看打仗的，最精彩的是空战。敌人的飞机基本是不堪一击的，我方飞机随时可以把它打下来，我们的高射机枪也无敌。我们看露天电影，有时在银幕背面看，但这不妨碍我们看到敌机被击落时欢呼雀跃。敌机坠落一般有两种方式，其一是尾巴冒着浓烟，俯冲着扑向海面；另一种则更有趣，那就是敌机盘旋着、打着圈圈往下掉。后来我才知道，这叫螺旋，飞机肯定是头朝上，尾巴朝下；我还知道了，飞机陷入这样的螺旋，并不一定是被击中导致，大量的螺旋现象，缘于飞行员的失误：飞机速度过低，迎角过大超过了临界迎角，升力则急剧降低，飞机失速而进入螺旋，旋转坠落。

唯一的办法是，改出螺旋！这是一个飞行口令。执行这个口令，需要经过严苛的训练和强大的精神力量。

写作也要警惕进入螺旋。这要求作家警醒，戒洋洋自得、熟极而流，必须打破习惯，要忍痛挑断自己的"拗筋"。

到 2013 年，我已写了很多年，形成了自己的"风格"，养成了自己的习惯。2013 年到 2017 年，我做了三年专业作家，按自己的习惯，写出了一批短篇小说，有《要你好看》《郎情妾意》《吐字表演》《午时三刻》《七层宝塔》《绝对星等》《放生记》等等，我写得认真，也顺手。可是有一天，我突然腻了，觉到了倦意。我对写作依然有激情，倦怠的是自己的写作积习，包括这种积习产出的成果，虽然我依然喜欢它们，但我打定主意，我要变了。我要改出螺旋。

我愿意我的小说依然有烟火气，在我看来，烟火气就是小说的呼吸，小说不能断气；但我希望我的小说能"空"一点，呈现出一定程度的凌空蹈虚，如凌波微步，行进间若还若往，顾盼生姿。这涉及小说的维度问题，如果说，我以前的小说主要是二维的，有 X 轴和 Y 轴，我有意让我后面的小说能够更明确地呈现三维，增加一个垂直方向的 Z 轴。

滑冰有速度滑冰和花样滑冰。速度滑冰不那么好看，原因在于它只是平面上的竞技。但是花样滑冰就玩出了花式，如果没有托举和抛接，如果选手不飞翔起来，那花样滑冰简直打不出分数，比不出高低。还有一种短道速滑，就是在环形冰道上打圈圈，我最不喜欢看，它类似于螺旋。

改变，是在跟自己较劲，是挑战自己，有难度。但没有难度的写作没多大意思。2017年后，我写出了《岁枯荣》《紫霞湖》《调笑令》《小跑的黑白》《见字如歌》，还有这篇《如梦令》，我自己很喜欢。十多年前，我带着父母去太湖鼋头渚，周围一望无边，横无际涯，恍若置身于茫茫大海，我心中突然一动；但我不知道怎么写，直到2019年岁初。

改变，有时也是跟阅读者较劲，他们未必接受这样的改变。但既然必须改，我就做好了不被肯定的准备。

2019.12

小说的表情

众所周知，人是地球上唯一会说话的动物。

但事实真的如此吗？如果我们把"说话"的含义稍稍扩展，我们就得承认，许多动物，其实也是会说话的，公冶长就听得懂鸟语；还有"马语者"；养狗的人，大致也能听出狗叫的意思。毫无疑问的是，人类的语言最为丰富，最能传情达意，甚至还能进行数理逻辑运算，这一点，其他动物望尘莫及。

所以，人类可以写小说。我们注意到，语言除了声音，除了语气词，除了字词句章，还有另一种形态，那就是手势和面部表情。就说小说里的对话吧，如果对话只用于讲述故事、推进情节，那是蹩脚的。

小说的语言，应当表情丰富。

一个有趣的问题：大猩猩和鹦鹉，到底谁更会说话？大猩猩的发声能力与狗相仿；鹦鹉学说人语，字正腔圆，几可乱真。但我认为，更会说话的，显然是大猩猩，因为它能表达想法、愤怒、期求、哀伤等等；而鹦鹉只会发声，它只是在学舌。我的意思是：小说应当表达情感和思想。过度的形式主义没有多大意思——如果这种形式的发明权是在外国，或前人，我更是意兴索然。

我们几乎没有发明任何新的小说形式，其原因，恐怕正因为我们对现实生活的漠视。小说世界里最大的发明家马尔克斯说，他的写作并非魔幻，它就是现实。我很想把这句话读懂、读透。

既然说到语言的表情，不妨再说说人物的表情，还有外貌。

小说人物各有表情——加缪《局外人》里的默尔索冷若冰霜，但这也是表情的一种。写好人物的表情，对小说至关重要。如果因为默尔索冷若冰霜，我们小说里的人也就神情木然，这就是鹦鹉在写小说。小说人物的表情应该丰富多彩，精彩纷呈，有如我们丰富至极的生活；其长相也应该如我们视野之内或视野之外的人们那样，妍媸美丑，各有特色。有句老话：相由心生。写人物当然可以甚至必须写外貌。从成本效率的角度看，描写外貌十分高效：一个故事，一段经历，小说家如果开头就给人物一个面貌，人物就能具象化，读者将跟着一个有头有脸的人同喜共悲。《巴黎圣母院》的敲钟人加西莫多，其面容和心灵的巨大反差，则从反面证明了外貌描写的重要性。我现在做编辑，那么多稿件中，到处是无脸的人影子在晃动，看得我兴味索然，头晕。

所以，对中国传统戏剧里的"脸谱化"，不宜断然否定。

小说家也是有表情的。他的表情通过文本呈现。

我提醒自己，不要挤眉弄眼，不要摇头晃脑，不要声嘶力竭，不要苦大仇深。宁有烟火味、江湖气，不要作庙堂状。

成熟的小说家，都有相对稳定的表情。他是个洞明世事的人。说相声的，最忌讳听众没笑，自己先扑哧笑出来。小说家应该稳重。一丝苦涩，淡然微笑，这是我中意的表情。

小说当然要写人物。写人物，也是写作家自己。

一个作家，一辈子都是在写他自己。

写人物有很多手段，许多技法和策略，但是，不能忽视情节和故事的功效。作家一辈子能碰上几个现实生活中好故事，那是运气好，大部分时间，他要虚构。构建故事和情节的能力，是小说家的核心能力之一。为了写人，围绕他去寻找、堆拥情节，基本上是事倍功半；而写好一个故事，只要心里存了写人的念头，却常常像是顺带地，就把一个人写活了——我看二月河的《雍正皇帝》和《乾隆皇帝》，以上想法愈发明确：前者聚焦于争夺皇位，写活了雍正一干人，后者想写个"十全老人"，一、二、三、四……十，艺术成就无法与前者相提并论——此处对《雍正皇帝》内含的帝王思想和其他糟粕，存而不论。打住。

虚构故事，组织情节，有点像是"碰瓷"。犹如站在人群里、车流中，他在梭巡，有目标，却并不确定，突然，他眼前一亮，朝生活里的某个事件、一段往事、一个信息，迎面而去——不是说真的要以貌似决绝的无赖姿态介入，像根搅屎棍，而是，以作家的思维与触动你的目标迎头撞击。如是，你的想象力，将被激活。

2020.6

小说的空间和悬念
——读纳博科夫和斯维拉克

衣服质地要好,但款型更重要;建筑物只是建筑材料好也不行,还得结构合理,造型优美,富有创意。小说语言当然要好,但构思必须优质。

小说家常常是一个立足于生活,却又必须向壁虚构的人。他应该很用心,而且有智慧。小说的结构有很多元素,但为人物准备足够的艺术空间,供他们展示、表演,肯定是结构的基本目的。

就说《红楼梦》。偏狭一点说,《红楼梦》就是大观园。没有大观园,宝黛钗等人就没有足够的舞台,人情世态、情感命运,也就无处展示。大观园并非营造师造的,而是作者的匠心创设。哪怕作者为它制造了元妃省亲需要个园子的理由,但它显然是作者脑海中的空中楼阁,是虚构。

大观园曲径通幽,大结构中还有小结构,有厅堂,也有亭阁。为了让各色男女有足够的活动时空，第三十七回，作者让贾政外放学差，这几乎没有来由，但在小说技术上，却是高招，这个凶巴巴的男人离开，大观园才能成为人物高歌曼舞的舞台。秦可卿的病死，给了凤姐充分显摆治家才能的机会；为了让"才自精明志自高"的探春也显出手段，凤姐又病了，只得由探春主理家政，这不但写活了"敏探春"，同时让难有机会的"木头人"李纨也露了一回脸，宝钗的圆融更是纤毫毕现。

　　小说的艺术空间属于人物，更属于作家，因为作家的才能也需要空间挥洒。能不能拓展和虚构出这样的空间，足以考量一个作家的才能。

　　所有伟大的作家，都是结构的高手，是创设艺术空间的大师。纳博科夫尤其令人钦佩。即使是他算不上代表作的《黑暗中的笑声》，也令人感叹。

　　小说讲述了二十世纪三十年代的柏林，一个心怀明星梦想的电影院女引座员（玛戈），诱惑了一个有着高雅品位的中产阶级已婚男子（欧比纳斯），然后勾结她的旧情人一步步欺骗、控制男子。男子后来失明，被愚弄后报复，却因为眼瞎，最终死于自己枪下。

　　这是个俗气的故事，但大师可以点石成金。最令人惊叹的是小说开始后不久，第三章《平静中的不安》，描写了玛戈来欧比纳斯家幽会。油腻男欧比纳斯打发走了老婆孩子，好不容易才在家里迎来了玛戈。经过一系列的撩拨挑逗，正要入港，玛戈却一转身，从卧室跑了出去，不知钻到家里哪个房间去了。要命的是，她还顺手把卧室门反锁了，欧比纳斯出不去。就在这时，他小舅子先回来了，接着，老婆孩子也回来了。欧比纳斯十分担心藏在家中的玛戈被发现。他强压惊恐，贼急生智，找个理由圆了自己被关在卧室的尴尬。晚上，他躺在床上，心乱如麻。他借口还有个合同要处理，悄悄走到了书房，因为他感觉到那里是玛戈最可能的藏身之处。沙发后面，他隐约看见了一片红色，他的心狂跳起来。

玛戈是穿着红衣到他家的。他担惊受怕，时刻想着把她放出去。但此刻淡淡的灯光下，他看清了，那不是玛戈，不是红衣，而是掉在地上的沙发靠垫。玛戈早已在女主人回来前就跑掉了。

玛戈为什么穿红衣？黑色不诱惑吗？白色薄纱不更撩人吗？可是作家指令她穿上了红色。这很重要，很关键。这件红衣，是作家的权力。纳博科夫是导演。

红衣与沙发靠垫之间，是别出心裁的艺术空间，近一万字的篇幅，如此自然，又如此丰富，这一段笔墨惊心动魄，跌宕起伏，欧比纳斯足以在里面心痒难熬，忧心如焚，最后又如释重负。

作家创造了一个惊悚，耍够了，才微笑着把它戳破。他用一个道具，创设了一个"无中生有"的巨大艺术空间。

这里又涉及道具的运用。红衣和沙发靠垫，都是道具。结构和空间，常常与巧妙的道具紧密相连。短篇小说或许更讲究结构、空间和道具。大师的技能，令人惊叹，同时也成为创作者（譬如我）的标尺。哪怕是阅读，这样的标尺也横在心里。

最近看了捷克作家斯维拉克的两本小说集，《错失之爱》和

《女观众》。其中的《错失之爱》《温泉疗养院》《购物》等,颇为亮眼。它们让我在阅读中,产生了难言的柔情,这十分难得。最喜欢的是《错失之爱》,小说写了年轻男子托马斯,一个诗人兼创意师,上班路上,一般靠欣赏电车上的女人们打发时间;看到身边的姑娘用手机发短信,他会想到这条信息穿出车窗,跃入雨中,飞向最近的信号塔,然后又湿漉漉地钻入电脑,不知道最后是谁会收到。有一天,他在公交站台,偶然瞥见了对面车上的一个有褐色眼睛的女子,两人视线交汇,他微笑,她也报以嫣然一笑。电车启动了,她即将消失,这时她耸耸肩,好像在说:遗憾。

这是个浪漫的开始,爱情似乎触手可及。下一站是民族大道,他果断下车,但没有发现那个女子。来回寻找也没有看见。但这短短的交错而过,让他爱上了她,几乎魂牵梦萦。此后,他做出种种推演,在老路上寻找,还请教了精通概率论的老板,甚至在寻踪中还因为错认了别的女人而闹出尴尬,但他就是找不到她。终于有一天,在同一路电车上,在拉扎尔站,他看见了对面车上的她!褐色的眼睛,就是她!托马斯立即比画一个哑剧动作,指指她,再指指自己。姑娘好奇地点点头。他继续比画,用大拇指示意他将在下一站下车,姑娘似懂非懂,她耸耸肩,笑了。

托马斯下车后一路狂奔,眼睛在梭巡。他看见了她,风姿绰约,迎面而来。

托马斯说:我真是幸运,是吧?

姑娘说:当然。她打量着他,似乎与记忆进行对比。

托马斯邀请姑娘喝杯咖啡,姑娘犹豫。托马斯说:我们必须找个地方坐一会儿,才不负如此巧遇。您比我想象中还要美,您叫什么名字?

他知道了,姑娘叫阿奈什卡。他们相识,很快热恋了。托马斯觉得一切都是那么好,他的爱情终于获得了圆满。

因为叙事轻捷风趣,小说是好看的,但斯维拉克在小说最后,跃过了"好看"这个层面。男女主角相熟后,有一天,他们二人和朋友聚会,爱情中的托马斯难免要吹嘘他们的相遇相识和完满结局。朋友感动得鼓起掌来。

聚会中一直寡言的阿奈什卡这时说话了。她说:现在你们听听故事的另一方怎么说:我不经常乘坐9路电车……那天是去看牙,突然一个帅气的小伙子挡在我面前,朝我傻笑,看上去我们彼此认识,可我实在想不起什么时候见过他……他夸我长得美,请我喝咖啡,你说,他看起来很可爱的样子,我能拒绝吗?……

一片寂静。托马斯把手腕从阿奈什卡充满爱意的手里挣脱出来,傻子一样呆坐在那里。她说他们并没有交错电车上的那一幕,托马斯希望阿奈什卡说的不是真的,可是姑娘却说这是事实,她也挺喜欢他,所以,她没有戳破,他们相爱后,她一直没有说出真相,直到现在。

就是说,他迎面而来时,他们只是初识。阿奈什卡既不是小说开头他看见的对面车上的姑娘,甚至也不是第二次他曾对其比画哑剧手势的人,这太让人失望尴尬了。虽然朋友善解人意地缓频说:你们这种相识也是美好的。但"传奇"爱情中的主角托马斯,肯定很失落。

托马斯的爱情故事,在结尾的那一段之前,是圆满的,花好月圆,有情人终成眷属,但这样的故事是俗气的,俗套。我们看腻了这样的小说。阿奈什卡的故事略带一点传奇,但并不违背生活常理和心理逻辑。她在街上,偶遇一个帅气体面的小伙子,他上来搭讪,他所有的表情都暗示他们以前在哪里见过,但既然她也喜欢他,她为什么要戳破他的撩妹神技呢?事实上,爱情确实也从此开始了。

他们的爱情长度并不一致,小伙子很长,从最先的两车交错就已经开始,而姑娘只始于被搭讪。一段貌似一见钟情的爱情,娓娓道来,最后被颠覆——这是对托马斯而言;但阿奈什卡的爱情,却又是实实在在的一见钟情,就是说,被颠覆的一见钟情,在女一号身上实现了。

这是很高超的短篇小说。它探讨了爱情——解构,随之又复活了一见钟情。

往深处想,所谓的一见钟情,实际上往往是一种幻觉,其对象,只是一个幻影。不是吗?

真正的爱情,你不需要写为什么爱,只要写怎么爱就可以了。追究太多的为什么,那是婚姻市场,是相亲;爱情不需要理由,不能研究。

斯维拉克的另一篇《法院来信》,却令人失望。失望是因为我只看了千把字,就看破了端底。我并没有感到得意,却在琢磨,这是为什么?

一个有家室的男人普克里察,是一个货车司机,他很劳累,为了生活四处揽活儿，疲于奔命。但生活的疲惫并没有能压制他的天性：他很风流，处处留情——这是货车司机常见的毛病，看来捷克也如此。他在家庭里却也是一个尽职的人，好丈夫和好父亲，即使很累，他也驾车带上老婆孩子出去摘草莓。

妻子维拉是个胖女人，外出途中，她告诉丈夫，邮局里有他一封信，要直接交给当事人，他必须自己去取。维拉说，是法院来信。

这下普克里察方寸大乱，心中忐忑。一路上，他满心狐疑，如坐针毡。因为他有个外遇，一个叫乌苏拉的娇小女人——与他老婆的肥胖相对应。乌苏拉曾轻描淡写地告诉他：我怀孕了。还说：我能指望上你，对吧？

普克里察建议：现在医院有办法，可以堕胎。可乌苏拉说：亲爱的，你甭想摆脱干系，你不娶我，就等着法院传票吧！

此后八个月，他躲着她。这时候"法院来信"，时间上是匹配的。普克里察怔忡不安，他断定自己将要承担一个男婴或女婴的抚养费。他想起乌苏拉的可爱，又看到了她的危险。他在惶恐中完成了家庭旅游，回到家，面对洗浴后"风情万种"、春心勃勃的肥胖老婆，终于崩溃，失声痛哭。妻子维拉如雷击顶，发出了令人窒息的哀号。

祸胎是定时炸弹，终于被引爆了。

那封尚未被接受和打开的来信显然是一个悬念，也提供了一个类似于《黑暗中的笑声》第三章那样的艺术空间，描绘的也都是男人的婚外情心理。但是，相对于《黑暗中的笑声》，《法院来信》显然不能望其项背。小说最后，果然出现了反转，普克里察去邮局签字画押，取回了那封信。不是法院来信，而是警察局来的，信中说：特此通知，关于查找你被盗轮胎的案子，无果而终。

案子无果而终，小说到此结束。

虽然我没有想到是个轮胎惹的祸，但我预知了这个男人一定是白白担惊受怕，即便不是轮胎，其他的许多事——差不多任何事——都可以写在最后，做那根戳破气球的刺。

这不高级。

也许题目就取错了。题目透露了一大半谜底。显而易见的是，我们在结构小说时，不能把那杆枪挂在墙上，还给它来个特写——那枪要是没响，大多数观众会嘲笑作者故弄玄虚，顾头不顾屁股；枪若是响了，绝大多数观众也许会觉得满足，但同时又会说黔驴技穷，不过尔尔。

作家应该让读者感觉到张力，但最高明的，是让读者感觉到张力，却不知张力所从何来，不能给读者一个聚焦点。《黑暗中的笑声》，玛戈的红衣一带而过，不让你注目，红色沙发靠垫的出现绝无所谓草蛇灰线式的暗示，但它的出现却毫不牵强。《平静中的不安》这一章充满了强大的电场，置身其中，你的汗毛甚至头发都会竖立起来，你几乎没有余暇去深究这种电场或张力的源头在哪里。待到红沙发靠垫出现，你长呼一口气，这才明白玛戈的红衣和红色沙发靠垫，原来是电场的正负两极。你不得不钦服于纳博科夫远超众人的智慧和自信。

玩过鬼城的人，不知想过没有，最恐怖的是什么？鬼气森森中，你在昏暗明灭的灯光中往前走，拐角处有一具棺材，绿灯打在上面，里面隐约发出女鬼的呻吟。你最怕的肯定是棺材盖陡然掀起，披头散发的女鬼突然坐起来，双目如灯，绿的——其实，有了这个心理预期，它往往并不那么可怕。当年一个完全陌生的女人在鬼城的走道里，突然一把拽住我，自始至终都不肯松开。她瑟瑟发抖，我拖着她走。出来后，她羞赧地道谢，并且承认，她一把薅住了我，有了个胳臂，即使棺材盖打开，她也不会被吓倒。我心里明白，更具效果的，是走过那个拐弯处，以为危险已消失时，我突然伸手在她后面拍她一下。呵呵，我当然没有拍，我怕出人命。这个念头出来后我连说都没有说，我不但怕真的吓着她，更怕这并未实施的一幕，会让她长久恐惧，落下心理阴影。

说过《黑暗中的笑声》和《法院来信》，我们不能据此就认为斯维拉克不高明。他只是离纳博科夫有一个高手到大师的距离。我一贯认为：一个作家，能写出五个优秀的短篇，或两个优秀的中篇，或一部优秀的长篇小说，就已足够优异。斯维拉克有五个以上好短篇。况且，评价一个作家是否优秀，应该选最大值，就是说，应该选他最好的作品出列竞争。《法院来信》当然不是斯维拉克最好的短篇。

但我还是要说句大实话：《黑暗中的笑声》，显然也是不纳博科夫最好的作品。

2020.7

小说家的辞典

小说家在生活里可以是个粗枝大叶的人，他可能大大咧咧，口无遮拦，但在小说创作的全过程中，他一定是一个敏锐、细致、深刻、热爱刨根问底的人。

很多人知道，我是个理工男。最近（庚子年初夏）有不少朋友联系我，问我会不会出现大洪灾，他们对三峡大坝忧心忡忡。我只能用我当年所学的专业知识搪塞一下，笑他们是杞人忧天；我不是预言家，对长江流域内连绵不断的暴雨何时停歇更是完全没有预见力。

我对科学训练对我思维的影响，十分感念。科学让我明白很多事不可以想当然——有些所谓"常识"，其实是谬误。譬如，水平如镜，这是生活常识，但是我学过"水力学"和"水文水利计算"，这些学科告诉我，在一座拦水的大坝上游，水面绝不是平的。因为水流被顶托，上游几十公里甚至几百公里，水面实际上呈现一个曲面。你要建设一个大坝，就必须精确计算出水面线，据此你才能知道，上游哪些地方将会被淹没，哪些地方的居民需要移民。这是巨大的经济、社会和伦理问题，却必须有科学托底。

某一年，路过宜兴。广场上有一把巨大的茶壶，凌空蹈虚，茶壶微倾，壶嘴源源不断地在流水。这是当地的奇观一景——为什么它"凌空"却又能长流水？我略一思忖，就看破了谜底：那往下流的水柱中间，一定是一根空心钢管，它是水壶的支撑（力学），同时也是壶中水的来源——它从下面抽水，水到壶内后，再沿水管外面往下流，流水遮挡了钢管……科学思维对我而言，已成为习惯。

小说关乎人情和人性，庞杂而幽微，似乎难以捉摸，但人情离不开物理。

《求阴影面积》写了一个男人的嘚瑟史，他发财了，有情人了，然后他遇到了麻烦。他的这个过程，必然与他所处的时代和环境密切相关，他与时代共振，这是物理，或许他只是时代之杯里的一粒骰子。"求阴影面积"是初中数学的必做题，在这篇小说里，阴影不仅有面积，还是有形状的，它们是汽车在阳光下的怪异投影，或者长发女人的诱人剪影。

突然想起了我们日常所用的辞典，尤其令我钦佩的是外语辞典。这种塑料封皮的书，曾经是我们学习外语的必备书和奢侈品——很贵，几元或十几元，相当于我们一个月的生活费，但我们离不开它。第一个编撰外语辞典的人谁？我查了一下，据说是明神宗年间的意大利传教士罗明坚和利玛窦，而出自中国人之手的第一部英汉辞典则是1868年邝其照编写的《字典集成》。这可能不准确,但这些人都是了不起的家伙。

我们依靠辞典,可以轻易地知道"门"是"door","窗户"是"window",我们很方便,但作为一个他国的人,他怎么知道?就算他靠指指戳戳终于能弄明白,那"夹角"呢?"锐角""钝角"呢?中文里原先有这个名词概念吗?要把欧几里得《几何原本》中关于点、线、面的科学翻译成中文,在我看来是登天一样难的工程。利玛窦和徐光启太伟大了。

二十世纪七十年代,我上中学时,在数学上遇到了拦路虎,具体说,就是平面几何,那种严密至极的求证和推理,庄严巍峨,令人生畏。天幸父亲居然买来了一本书,《许莼舫初等几何四种》,中国青年出版社1978版。我如获至宝,做完了上面几乎所有题目,由此掌握了做几何题最难却也是最强大的手段——添加辅助线。许多难题,其实一条虚拟的线就可以解决。平面几何高考几乎不考,但学不好平面几何,对立体几何就完全摸不着头脑;立体几何不行,大学时被称为"工程师语言"的制图和画法几何根本就没法学。几何就是结构和逻辑,它们移植在我的脑子里;那根变化多端、气象万千的辅助线,常常是小说里草蛇灰线、千里伏线的那根线。

许莼舫先生有恩泽于我,但我也知道了,这恩泽不是无源之水,它来自欧几里得的《几何原本》。

几何学显然是中外科学界对话的前提。编写第一本双语辞典的人,他只能远赴他国,牙牙学语,从零开始。他不光要学舌,还要引入概念,创造新词。小孩子学话,因为本就是一张白纸,倒没什么,我们都是过来人;而一个母语精熟、腹笥渊博的人,突然置身于异邦,他耳朵里只有声音,没有意义,那是什么感受?那时用的是繁体字,写一个字基本上就是画一幅画。真是,不疯就不错了,还要编辞典!最初的辞典编撰者都是传教士,这很有道理。

隔断交流的不是国境或其他,其实是语言。

作家不管是否学过外语,其实头脑里都有另一部辞典。它从生活中来,来自体验和观察,也来自阅读。它关涉观念、语言和审美,构建了作家的思维体系。这部辞典,作家可能秘不示人,甚至自己都没有察觉到它的存在,但大象无形,它是人脑的软件,是内存和处理器,是作家创作的基石。

2020.7

我的被窃经历

我不知道你有没有被窃过,反正我被偷过好几回。

有几次都没有去报案,因为不值得,没时间,或者是压根就绝了破案的念想,总之就算了。第一次是在20世纪80年代,我在南京上大学,弟弟在北京。两个大学生在校,父母当然自豪,于是一家去北京旅游。照相机是借的,镇上照相馆的专用设备,120海鸥牌,当时算是高级的。我们一家挤车,去颐和园。没座,我们都站着。车上是真挤,人挨人,照相机放在包里,弟弟背着。到了一个站,站在弟弟身后的一个小伙子突然说要下车,我弟弟赶紧往边上让让。那人急匆匆下去了。车启动,弟弟身边的一个人提醒他,看看自己的包。弟弟一看,大惊失色:包被拉开,照相机不见了!

我们立即喊停车。车停了,我们四个下车,茫然四顾,面面相觑。这个经历很意外,弟弟居然忍不住笑了。我至今没有问他为什么笑,虽然我大致也猜得出:好玩。弟弟那时虽然已是大学二年级，但才十五岁，也就是现在初三的年龄，他童心未泯，愕然失笑可以理解。我至今记得弟弟的笑，因为太纯真；也记得是去颐和园，因为那次的北京之行，从颐和园开始，我们就没有自己拍的照片。

再说一个。20世纪90年代末期，我在写长篇小说《白驹》。好不容易开了头，存在我的笔记本电脑里。我下班，带上老婆，不知为什么还有过争执，然后停车吃饭。饭后，我们上车回家，毫无察觉。等到我想开个夜车，动手继续写下去，这才发现，笔记本不见了。想，是不是还在办公室？找，满车地找。突然看见，副驾的车窗不见了，座位上满是玻璃碴子。这下恍然大悟，不在办公室，是被偷了。

又急又气，开着车子去报案。做笔录、勘察、打指纹，忙到夜里一两点。最心疼的是我才开了个头的《白驹》，这下白马非马，成了"飞马"，我的《白驹》鸿飞冥冥了。

不服气，决定立即动手，回忆并记录下来。第二天是休息日，我默写了差不多一夜，稍事休整又继续。几天过后，我觉得我已几乎原样还原了被偷走的《白驹》。可事实上，半个月后，电脑被追回，我拿回电脑，打开一看，愕然。眼前的文字熟悉又陌生，跟我刚写出的，差不多是两个东西！

要感谢警察。领电脑时，那两个小偷还蹲在派出所的地上，蓬头垢面，可怜兮兮的。他们二人租了车，从北方一路南下，伺机作案。在江阴长江大桥上，偶然被拦下检查。后备箱一开，里面居然摆着七八台笔记本电脑，立即被抓。我的电脑，他们可能都没打开过一回，但我的《白驹》面目全非了。

还有几次被窃，可以写八万字，但我不想说了。生而为人，你不得不跟小偷打交道，不得不加强戒备。对一个家庭来说，门户要紧，锁是最重要的。装修房子，我定制了当时号称最牢固的门和锁。果然平安无事。但让我承认这锁的坚固的，不是没有小偷光顾，而是我们自己好几次被锁在家里出不去。锁老了，不知哪里的机关失灵了，你想出门，却发现门打不开了。钥匙打不开，蛮力无济于事，最尴尬的是客人也还在里面——我的以前的研究生夫妇过节来访，小伙子很勤快，出门时抢先我一步，伸手去拨弄了一下锁头，门就锁死了。只好打110，唤来锁匠，他在门外指挥，我在里面折腾。还是没用，最后，锁匠使出他的专业技能，门终于开了。一身臭汗。

我提出换锁，锁匠建议换门，因为这个特制的门，没有锁能换上去；他可以推荐一个门，只是必须破墙扩大门洞，我谢绝了。那是假期，此后的几天，我拿上家里所能找到的各种工具，发挥一个理工男的专长，对门进行了科学研究。我仔细打量，上一眼下一眼，左一眼右一眼，突然发现了两个不起眼的检修门。我用螺丝刀打开上面的那个检修门，立即就明白了；再打开下面的检修门，手伸进去捏捏，立即窥破了这扇门的奥秘。

其实也简单的。这门锁起来后，除了锁的边上会伸出锁舌，上下门框也会伸出舌头。这算是个固若金汤的意思，但现在机关坏了，上下门框的舌头你用钥匙也收不回去，于是就固若金汤地把你关在里面了。你只要打开检修门，手伸进去一捏，上下门框的舌头就会缩进去，门就开了。

就这么简单。那个专业的锁匠能不知道吗？他知道的，但他就是不说。他留下了个名片,让我换门就找他。

我不想谴责谁,毕竟谁都不容易,毕竟哪个行业都有不传之秘。我想到的是,现在骗子多了,而小偷真的少了。说绝迹了那有点夸张,但比之以前,是真的少了很多。

这是一个古老的行业,古老的手艺,我突然想到要写一写他们。等到真的夜不闭户时,就成了史料了,呵呵。《事逢二月二十八日》是我 2021 年唯一的一个短篇。

(《事逢二月二十八日》创作谈,2021.9)

南方的文学与文学的南方

作为一个江南人,对江南的文学有一点什么样的感受?我们的大致认知可能就是婉约、细腻、灵动等等。20多年前,我曾去《小说选刊》拜访,餐间有位资深编辑一直在问我一个问题:你们南方作家把小说写得那么细、那么慢,你怎么看?我想了半天也没回答,但是这个问题在我心里盘踞了很多年。我思考这个问题倒也不是要让自己有所改变。一个人是什么样的,其实也改不掉,可我觉得这确实是个有意思的问题。为什么我们南方作家写得这么细,是不是意味着缺少了某种大气象?

刚刚胡学文讲得非常好,为什么北方人讲话很大声,因为他担心声音不大,对方听不见。我们都注意到中国人讲话一般比外国人讲话的声音要大些,为什么会这样?这个事情很奇怪,但不能简单归结为一个教养问题。我们曾长期处于物质贫乏中,所谓取暖基本靠抖,交通基本靠走,还有通讯基本靠吼,你不吼不行。现在有了手机,拿着手机还是在吼,在汽车上高铁上都吼，他为什么要吼？因为他习惯了吼。对方不在他对面，可能在一千公里之外哩，他自然而然就吼了。这样一个长期的习惯，它会成为某种基因性、文化性的东西，这是一种地方性文化对人的规约。

为什么我们对某个地方的人常常能感受并总结出一些群体性的性格？譬如通常说北方人豪爽，南方人比较细腻，有时候小心眼等等。为什么会这样？我觉得跟那个地方的气候地理特征，包括他们口耳相传的传说故事，都有很大的关系。比如说沿海某地的人，如果他出国非常的容易，在新中国建立以前就很容易，他可能因为在家里跟老子打了一架，或者闯了一个什么祸，或者混得不好被别人耻笑，他一跺脚说老子下南洋去了，他还就真下南洋去了，20年之后回来成了一个富翁。这样的故事既是一种现实，同时也是一种传说。这个地方经常流传这样的一种故事，那影响就在潜移默化中形成了：这个事如果干不好，老子拍拍屁股走人，另起炉灶。

如果一个地方，洪水经常泛滥，河流经常要改道，今天晚上还是我家的地界，明天一场洪水界牌就没有了，这块地谁也说不清楚是谁的，随后可能就是诉讼，甚至是械斗。如果这种情况经常出现，其结果可能就是这个地方的人做事不太考虑后果，也不太考虑长远。所以我想，地理人文环境、气候等对一个地方的影响，对一个地方文学的影响是极其重要的。

在我们南方，在江南，气候温暖，空气湿润，雨量丰沛。我今天早上查了一下，我们这个地方年平均降雨量是1500毫米，可是西北地区只有一百二三十毫米。也就是说我们这个地方经常出现的日降雨量 100 毫米的暴雨，一两天就把西北地区一年的降雨量都下完了。西北那么干燥，而江南这么湿润。水润万物，有了水，一切都是蓬勃的，都是色彩斑斓的，也是富足的。这造就了一个地方长期的繁荣和富裕，形成了深厚的人文积淀，文学传统自然绵长。江南既然出现了那么多的进士状元，那么出现了很多作家，也就很正常了。

江南四季分明，它跟两广地区还不一样，那里比较炎热，而江南是四季分明的，春夏秋冬一个也不缺。春光明媚，夏日炎炎，秋风送爽，白雪皑皑，我们都能经历，这丰富了我们的生态体验和气候体验，我们的文学作品之所以呈现出色彩斑斓面貌，至少景物描写比较丰富，这恐怕也是个原因。

最重要的还是水。水多。河湾港汊，遍布大地。我们中国的象形字非常奇妙，水的偏旁部首可以在左边，也可以在下面。写水的文章，你简直不需要去认真读，拿起来一看，满纸烟雨，满纸水意。水居然以这种直观简单的方式进入了我们的文学。

我原先是学水利的。大家都知道水就是 H_2O，但是水的特性十分奇妙，是至柔至刚之物。江南人的性格里面其实也有非常刚烈的成分，在异族入侵的时候，江南人的抵抗相比于北方，十分耀眼夺目。水的柔软让它甚至没有自己的形状，它随物赋形，你装在什么容器里面，它就是什么样子。古人关于水的咏叹实在太多了。虽然那时候完全不懂化学分子式，但中国人对水的琢磨，真是非常透彻，他们琢磨的是水与人类生活的关系，落脚在人性上。江南文学最大的特色就在于水性和水意。

江南的农耕文化也影响了文学。江南地区自古以来就有精耕细作的农耕传统，因为土地虽然肥沃，但一家就几亩地，很可怜。这种精耕细作，直接发展出精雕细琢的手工工艺。你看苏州玉器店，有几万家，"苏作"工艺闻名世界，显然，江南文学与江南手工血脉相连。他有耐心，他知道细巧精密的好，他是个用心的匠人。江南作家相对比较细腻，比较温婉，是不是与此有关？

另外，作为改革开放的前沿，作为经济最发达地区，江南实际上一直对外来文化、外来思潮、外来技术呈现一个开放的姿态，这一点很明确。我前不久参观了无锡的堰桥，堰桥是中国乡镇企业改革的发源地，率先引入了现代企业制度，跟安徽小岗村分田到户一样，具有重大意义。这种开放精神，在文学上也有所表现，比如说鲁迅兄弟编的《域外小说集》，大家都知道，1909年就出版了，这是一种拿来主义。所谓的先锋文学，基本上率先在江南的这一批作家中出现，勃兴于二十世纪的八九十年代，一时蔚为大观，这也不是凭空而来的。

刚刚也有专家谈到，要让小说大起来，我觉得这个想法肯定是对的，我也在尝试。但我觉得，如果大而无当，还不如小。"佛观一钵水，八万四千虫"，写到最小，可能就写到了最大；科学证明，物质的原子由原子核和电子构成，电子围绕着原子核旋转，而原子的形态居然跟太阳系很像，跟整个宇宙的形态也是类似的。所以我们可以说，写好了最小的也可能就是写好了最大的。当然，这很可能是一个坚持细腻细致而不能自拔的作家的自我托词。给自己找个理由。

最后，我想谈一下生活形态和市井的意义。为什么江南文化和文学一直很发达，尤其是宋朝以后？最基础的，当然是生活相对富足，但伴随富足衍生出的丰富的市井生活，则更是文学的沃土。苏州的出版家冯梦龙的"三言二拍"，现在已成为影视剧的一个重要资源，比如《杜十娘怒沉百宝箱》之类。他是编辑家，也是作家，同时还整理收集了大量的民间故事，包括当时的话本、唱词，以及讲古今智谋的《智囊》《智囊补》之类。有巨大的市场需求，他才会去做。就是说，经济的发达，商业的发展，包括延伸至传播出版业的繁荣，也是江南文学一直繁茂至今的一个极为重要的原因。

如果没有茶楼酒肆、花街柳巷，文学要繁荣，并且形成某种地方特色，可能很难。柳永咏杭州："东南形胜，三吴都会，钱塘自古繁华"，大白话，但是很气派，历历如画，"烟柳画桥，风帘翠幕，参差十万人家"。但是他写这个的主要目的，是要拿去给歌伎唱。我们历史教科书上讲的现代工商业萌芽、雏形，到了明清已经相当成气候了，这也是文学勃兴和生存的一个基础。所以我觉得，作为一个江南写小说的人，我也想把它弄得大一点，但是我想要是弄不大，我就把它弄小；尽量避免不大不小，同样也是一个不错的办法。文学容得下银河系，也容得下一钵水里的八万四千虫。

（"长三角文学的'江南味道'"鄞州论坛上的发言，2021.10）

我的处女作

我的写作始于20世纪80年代。第一篇公开发表的文字是《水杉林畅想曲》，1984年。那时我已开始写小说，读得多，但写得少。我没有读过中文系，只靠自己摸索。因为流行的一句话"学好数理化，走遍天下都不怕"，我读了工科，河海大学（那时还叫华东水利学院）的农田水利工程专业。但文学梦从未离开。我差不多读遍了一个工科大学所有的文学书籍，记得借书证用烂了换过好多本，图书馆的老师都熟悉我了，很善意地把新到的好书给我留着。幸运的是，我遇上了好时代，大量涌入的西方文学名著扑面而来。它们与我小时候读过的《红楼梦》《三国演义》《水浒传》《西游记》《儒林外史》以及"文革"期间读过的《金光大道》《三探红鱼洞》《野火春风斗古城》《三家巷》《林海雪原》等等，形成了对照和接续。更幸运的是，我毕业后留在了南京，这个人文荟萃的古城，氤氲着浓厚的文学氛围，对我形成了很好的刺激。

看着上面的文字，突然注意到"三"。"三"是重要的，三探红鱼洞,三打祝家庄,三借芭蕉扇,刘姥姥三进荣国府……"道生一,一生二,二生三,三生万物。""三"能容纳起承转合,装得下波澜壮阔。小说里可以没有明确的"三",但隐藏的"三"恐怕总是有的。

这是闲话。

《水杉林畅想曲》是一篇散文。它获得了江苏省大学生作文竞赛优秀奖。就是说,它其实只是个作文,但意外的获奖,对一个大学在读学生也是个巨大的鼓励。学校举办了一个"获奖表扬会",我上台朗读了我的文章,满足了我的虚荣心。值得一说的是,奖品是一支英雄牌钢笔,时价二十五元,那时一个月的生活费才十一元,无疑这是个奢侈品。我转赠给我的女友,后来她搞丢了,却不承认是她丢掉的,因为我们后来结婚了,丢笔的事就成了清官难断家务事了。

主持"表扬会"的是学校的党委副书记范钟秀教授,此后他一直对我很好。我现在的住房就是他曾住过的房子。

这篇不算文学的文章发表后,我写小说更起劲了。那时我已留校,大部分业余时间都在想两件事,写什么,怎么写。博尔赫斯和卡夫卡,无疑对我的小说观产生了巨大冲击——原来还可以这么写,原来小说还有这么多花样。但我写得依然不多,对取材很挑剔,语言也还在自我训练当中。当时自然是手写,四百或五百字的稿纸,因为天生字丑,还请女生帮我抄稿;因为编辑部不接受复写稿件,我就用"印蓝纸",只把第一面寄出去,复写的留存。至1990年,短篇小说《在劫难逃》发表时,我已发表了好几篇小说,其中一篇短篇小说《夕阳无限》发表于《雨花》

1989年第七期，我现在正任职于这个编辑部，这是个奇妙的缘分。虽然在编辑自己文集时，《夕阳无限》成了我最容易找到的文本，但是，我自己认为，我的处女作还是《在劫难逃》，它发表于1990年第11期的《青年文学》。那时的《青年文学》《青年作家》和南京的《青春》，是文学界的巨头，发行量几十万份，是青年作者的梦。

《在劫难逃》是一个荒诞的小说，我还很文艺很先锋地弄了个"题记"：狂犬病，又名恐水病，是狂犬病毒通过狗等家畜传染的一种急性传染病。狂犬病发作时人全身抽搐、恐水畏光，最后全身脱水而死。狂犬病毒可在人体内潜伏很长时间，几天乃至数年——狂犬病的定义或故事的预言。

当时先锋文学已有破茧而出之势，我也不免被裹挟。故事发生在一个叫"钱塘"的地方，一个愤世嫉俗的叫唐汉的年轻人，是个古典文学研究生，去拜访导师时被他家的狗咬了，后来他从报纸上得知这个城市有流浪狗得了狂犬病，他开始以每天新出的报纸为导引，追踪这只狗。经过艰苦的寻找和尾随，他一次次失败，路上他遇见过无数的被金钱驱动得疯了似的人，见到了太多的光怪陆离，待发现那只发疯的狗时，狗已咬伤了很多的人，成了钱塘这地方的公众大患。最后他杀死了疯狗，自己却也狂犬病发作，与狗躺在了一起——一人一狗，成了街头众人围观的景象，也上了报纸。

现在想来有些汗颜。小说是稚嫩的，构思、细节、语言都稚嫩，但自己的孩子自己认，我当时就是这么个写作状态。小说寄出后，我很期待，等啊等啊，那时没有人告诉我，编辑部稿件堆积如山，每天要用麻袋装的；也没有人告诉我，小说寄出后，你不该等，应该继续写，写新的——我现在身为编辑，就常常这样告诉年轻作者。幸运的是，这篇小说落到了一个叫程鳘眉的编辑手里，后来才知道，她的后面，还有李师东和黄宾堂。他们应该是认可的。小说发表了，我喜出望外，连远在老家的父母亲也很高兴。父亲心里肯定喜滋滋的，他居然写了一张明信片，上写：祝贺吾儿《在劫难逃》发表！他用了明信片，要知道，明信片到我手上，经过的每一个关口都会有人看见，这是在为他儿子宣传哩。

父亲对我的影响是深刻的。作为一个20世纪60年代初的大学生，他也许有过一个文学梦，最终只能在中学语文教学岗位上退休，儿子是他的梦的延续。小时候，我家里颇有些藏书，许多古典名著就是他上学时的旧物，几经劫难方能保存下来。"文革"结束时，我才十三四岁，国家又开始出版文学名著，记得《羊脂球》就是他从新华书店抢购到的，小32开本。我看得惊心动魄。我知道了妓女也是人，是可怜人，还可能是更高尚勇敢的人。与"三言二拍"里的《杜十娘怒沉百宝箱》相对照，更有意味。多年以后，发表于《作家》2012年第八期的《阿青与小白》，就写了一个洗头房女子。

说起我的文学启蒙，不得不说到一片星空，两个场景。一个场景是，夜晚，我们一家在外面纳凉，父亲给我和弟弟摇着芭蕉扇，每天讲一段《三国演义》或者《水浒传》。这是连本剧，精彩迷人，听得我和弟弟欲罢不能，睡意远遁，结束时不是说书先生的"且听下回分解"，总是母亲喊我们，该睡啦，明天还要上学！另一个场景也是在星空下，还是纳凉，却是在石桥上，桥下波光闪烁,桥上轻声细语,说的是一些鬼故事,其中一个与情景相配,是一个杀人故事,说一个男人老婆被杀于床,县官审案,男人陈述他夜里发现有人入户,杀了他老婆,月光下跳水跑了。县官一声断喝:大胆歹人,撒谎!原来是县官推算出当晚没有月亮,绝不可能发现有人跳水。我们听得汗毛直竖,几年后我从家里的柜子里找到两册《聊斋志异》残本,才发现这故事不是那个"故事大王"编的,原来书里有。此时,我还没有发现《聊斋志异》令人惊叹的文学光华,要等到后来,我从杨公井的古旧书店找到《聊斋志异》的全本,才慢慢发现蒲松龄的伟大。他是不世出的奇才,天才的短篇大师,傲立于世界文学之林而毫不逊色。

《在劫难逃》的发表极大地鼓舞了我。我和程鳌眉也成了朋友。《青年文学》大概在1997年,用我的照片做了封面。记得照片寄过去后,她打电话说,怎么拍得这么老气啊!我只能呵呵。照片是我河海大学一个同事拍的,在江南周庄,一次集体活动,似乎大家一起吃了"万山蹄",就是冰糖很多的红烧猪蹄膀,满脸油光,可不就"油腻男"了嘛。

《在劫难逃》写了一只疯狗,似乎对狗不友好,有偏见。可因为一种特殊的机缘,我现在养了一只泰迪。它已经13岁,是个老头了,早已成为家庭的一部分。我给它取名"克拉",它来我家已经十个月了,据说原来的主人要外出务工,只能卖掉。它来家好几天,没听见它叫一声,我以为是个哑巴,或者声带被原主人弄掉了,直到它夜里突然一声大叫,我这才放了心。克拉这名字的意思,我老婆的一个学生一语道破了,那次我们要出差,家里没人,寄养到宠物店曾把虱子过回来,只能寄到亲友家。那学生把狗送回来时，先告状说它一去就在我家沙发边撒了一泡尿，接着说：克拉呀，你几克拉呀，你很贵啊——他知道了克拉是重量单位，名媛就喜欢炫耀克拉钻的。这只叫克拉的狗，已两次成为我小说的主要人物之一，记得的，至少有《郎情妾意》和《岁枯荣》。这两篇小说我敝帚自珍，自己喜欢。克拉是这两篇小说的"眼"。有趣的是，有一天，我去超市，在大门外的广场上，看到了一只狗，金毛，我逗了一会儿就拎着东西准备离开了，却突然听到有人喊：克拉！克拉！你回来！我有点蒙，我那天没带狗，这不是喊我的狗，更不会是喊我。回头一看，那大金毛跟着我过来了，主人在唤它。我明白，我身上大概带着狗味，金毛有感应，它跟我不奇怪，问题是，这金毛它也叫克拉吗？我停下脚步，问狗主人，主人说，是啊，它就叫克拉。他解释说，我看到有个小说里，人家的狗叫克拉，我觉得特别好玩，就叫它克拉了。

　　我笑了，一副事不关己的笑。基本可以确定，那小说是我写的。但我没有再多说什么，即便我遇到了一个在这个时代还读小说的人，我也没有攀谈。只在心里笑：你这个狗至少80斤，这克拉数未免太大了。

　　与狗的相处，使我对人性有了更深入的了解。没有对比就没有伤害。我的狗真的老了，棕色的毛，在下巴处变淡了，像长了白胡子。此时，它就躺在我脚下，我写作时它通常就是这个样子，有时还躺倒我的脚上，我动都不敢动。我回头看它一眼，它抬头，并不知道我正说到它。

2022.10

《朱辉文集》自序

我的写作始于20世纪80年代。第一篇公开发表的作品是散文《水杉林畅想曲》,1984年,那时我还在华东水利学院农田水利工程专业学习。我没有读过中文系,引导我写作的,是阅读和天性。

第一篇小说《夜谭随录·三题》,发表于1987年的《青春》,居然是用文言文写的。无知无畏,现在想来不免汗颜。这是我的小说起点,此后又有一些习作发表,直到1990年的短篇小说《在劫难逃》,我的小说才有了点模样。

多有论者指出,我的小说风格驳杂,难以归类,有两套"语言系统",这是有原因的。时光漫长,人在变,作品的风格也会变。激起我心灵感应的题材很多,我更在意风格与题材的匹配。

语言自然是极重要的。语言关涉小说的内核,但有时候,作家的语言也如他穿的衣裳。总穿一套"好"衣裳,而不随季节、场合换装，未见得是有衣品，也可能是缺衣服。我只想写出好的小说，至于它们的风格是否方便分拣、归置，我并不在意。

迄今为止，我大概写了 100 个中短篇。这些篇什，被 2000 年前后一连四个长篇小说拦腰分开，《我的表情》《牛角梳》《白驹》和《天知道》。这并非刻意规划，只是情之所至。

这套文集只选了小说。短篇小说五卷，中篇小说两卷，长篇小说三卷。中短篇小说按时间流编列。除了少量散佚的或实在难以见人的——譬如那个文言文小说，基本在这儿了。这是我的道路。

文集截止于 2021 年，我的写作之路还在延伸。到文集出版时，我已写出了长篇小说《万川归》。

对我的创作予以关注、批评和褒奖的师友们，你们的慷慨令我心存感念。流风所至，文集用了腰封，文字来源于师友们的评论，没有一一注明，也有一些摘自我自己的创作谈。

感谢出版方，感谢为文集的搜集、整理提供帮助的朋友们。

是为序。

2022.10

大有大的难处

都知道,写小说短有短的难,长有长的难,这无须细说。这两年来,我体会最深的,是长篇小说的难。大有大的难处。

我至今写了不到100个短篇,长篇小说有四个。我对写作并无规划,缺乏明确地把自己塑造起来的意识。回头看去,2000年前后,我一口气写了四部长篇,几乎像个神经病。《我的表情》《牛角梳》《白驹》《天知道》,写不动了,也有点腻了,转过头来又专注于短篇。不知不觉间到了2020年,忽然觉得想写长篇了,于是就有了即将出版的《万川归》。

苦思冥想的时间是漫长的。这两年里,我只写了有数的几个短篇,包括这一篇《英雄牌钢笔》。我通过这三个短篇,顺便触碰了一下《万川归》将要探究的痛点:《事逢二月二十八日》——众目睽睽的舞台与个体窘境;《玉兰花瓣》——鲜花和死亡;《英雄牌钢笔》——个人记忆中的历史呈现。短篇我是用心写的,其余的时间,我为《万川归》搭好了框架,给每个重要人物列出了时间线,写出了他们的小传。我是个写得很慢的人,每天伏案八小时,也只能写出一两千字。2022年上半年,我完成了长篇的初稿。

万川归,三个字,从三个主要人物的名字中各取一字。这并不出奇,《金瓶梅》就是这样。《金瓶梅》是一幅静物,万川归似乎有了点动感。我希望我的长篇能有一个新颖的结构,这很难。对一部书写几个人物近四十年历史的小说而言,写出时间流是理所应当的,但我不想沿着时间之流写。反复的推演和搜索之后,有一天,我突然看见了结构。长篇小说必须要有形式感。

腔调无疑是重要的。首先要有勇气,要舍得在自己身上心里下刀。解剖过自己的刀才有资格解剖别人。我希望我的腔调是文学性的,低吟浅唱或引吭高歌,我保持着深情,而且,要做到一以贯之,神完气足。

(《英雄牌钢笔》创作谈,2022.12)

我们有信心把 ChatGPT 抛在身后
——在江苏扬子江作家周主题论坛的发言

今天的主题是"沉潜与激荡"。除了一个连接词,"沉潜""激荡",这四个字都有"水字旁"。时代潮水、人生如流水,都有了。

我和水有点特殊关系。我是学水的,我毕业于河海大学农田水利工程专业。大学里我就学过"流体力学"和"水力学""水文学"等等,学得七荤八素,但总算对水的科学有一点了解。

不管沉潜还是激荡,都是在水里。

水流看起来简单,其实很复杂。水流是分层的,一般来说,上面的流得快,贴地的就要慢一些。有环流、回流,从微观角度看还有"紊流"。还有一种现象叫"水击",就是大家有时候打开自来水的时候,水管里发出的呜呜叫的声音,这有点讨厌和无可奈何,那是水里的空气造成的,因为水的不纯净……这一些,极度丰富的表现，是人性和人生的镜像。

水呢，那是既简单，又极其复杂。分子式极简单，但又变幻莫测。

水定义了摄氏温度，冰水混合物的温度被规定为摄氏零度，一个大气压下水的沸点被规定为 100 摄氏度。据此，我们才能明确，人体的正常温度是 37 摄氏度左右。

水是宇宙赐予人类的恩物，也让我们的哲学、文学有了一个可以附丽的对标之物。水其实没有颜色，但我们有一个词"水色"，说一个姑娘水色好，这是很高的夸赞。我们对水，寄寓了很丰富的情感。

说到"沉潜与激荡"，从语态上看，沉潜，我理解成一种姿态；激荡则多了一点被动的意味。

这就关系到个人和时代潮流。时代如潮，个人只是一粒沙砾。但我更喜欢沉潜状态，我们甚至离不开阶段性的沉潜，但我觉得这不一定是潜伏，不是自己跟自己的谋划或者规划，不是一种策略性的预备。

但任何一个人，都是会激荡的，因为他会激动，泥人还有个土脾气。但不同质量、重量的物体，它激荡的阈值是不一样的——在水流中，是否沉潜，与水流的力道有关，更与那个物体或者石头的重量有关。重的，就不太容易激荡。

生命的节奏，可以说就是沉潜和激荡的节奏。但我希望自己能够不轻易激荡，沉稳一点，保持自己的节奏，像一种自然的呼吸，自然的节奏，是飞速奔跑和轻松踱步的一个自然的交替。是一个日出而作、日落而息的自然节奏。

"子曰：道不行，乘桴浮于海。"这个太高级，但是我们可以泛舟湖上，独钓寒江雪。

我的意思是，沉潜与激荡，如果它是生命的必然，那沉潜与激荡的节奏也最好舒缓一点，自然一点。因为如果这种节奏太过于明显，可能会导致一开口自己都吓了一跳，然后难以掌握，到了应该引吭高歌的时候，就可能会破音。

不由得想起了李敬泽先生曾提出的一个词："空转现实主义"，我的理解是，现实主义要落在实处，要避免空转。我们文学中的情节、细节、情感、沉思、感慨等等，要在现实生活中生根。在我构思长篇小说《万川归》的漫长时间里，这是一个随时的提醒。他总是能在众声喧哗中发出独特的声音。昨晚的"凤凰文学之夜"，他发出了一个疑问：在 ChatGPT 出现并快速升级的情况下，我们作为作者，怎么"作"？沿袭从阅读得来的套路，我们作为作者，还能不能继续存在？——这是一个非常有力的警示。

这个问题令人辗转难眠。我想起了马尔克斯的小说《霍乱时期的爱情》中的一个细节：男主人公弗洛伦蒂诺·阿里萨在初恋情人费尔米娜·达萨已经选择了与名医乌尔比诺成婚后，一直深情地注视着这对夫妻的生活。有一天他们在餐厅偶遇了，弗洛伦蒂诺·阿里萨不敢造次，不敢无礼地直视人家，可他时刻关心着初恋情人夫妇的一举一动。如果小说只写到这里，还算不上特别高级，我们作为读者随之看到的是，弗洛伦蒂诺·阿里萨待那对夫妇离开后，找到餐厅经理，他提出，他要买下墙角的那一面镜子。那是一面破旧的古董镜子，他对买镜子的理由支支吾吾，真实的原因其实是，他在整个吃饭的过程中，一直通过这面镜子的反射注视着那对夫妇，镜子里似乎还驻留着那对夫妇的身影。

这是情感，只有人类才具备的细腻情感。人工智能基于光速，它的特点是快，但再快，它的速度也不可能超过电流速度和光速，再快的运算也只能基于逻辑，也就是"套路"。人工智能只能依赖大数据进行逻辑运算，它之所以能在打败中国象棋后，不几年又出乎意料地在围棋上战胜了人类，那是因为棋类具有十分严密的规则。但人类生活有逻辑却也非逻辑，人的情感，忐忑、纠结、侥幸、惶惑，左右为难或者一时兴起，这大概是人工智能前面难以逾越的一个个坑。

ChatGPT进步神速。如果我们安于套路，局限于前人和自己的思维藩篱，我们大概率还是会被逐渐迫近，终有一天会被追上，直至被覆盖，这令人恐惧。唯一的办法，只能是立足于气象万千、变幻多端的现实生活，精骛八极心游万仞，避开套路，写出个性。

我以前说过，"文学是有体温的"。电子设备会发热，它也有温度。但我们要力争让文学的温度明确区别于电子设备的温度。

作为一名写作者，无论是"沉潜"还是"激荡"，我提醒自己，不论是低吟浅唱还是引吭高歌，都要让自己的心静下来，自然地呼吸，自然地说话。作品是作家的立身之本，应该专注于作品的文学性，精心、静心。都说大狗要叫小狗也要叫，现在是机器狗在写，我们还是要写。就个体来说，我们只能保持警醒，加快步伐，跑出曲线和顿挫，力争不被 ChatGPT 追上。

能成为弄潮儿当然很好，但我更愿意做水底的石头，发出温润的光，在水流激荡中保持石头的本色，成为河岸或河床的一部分。

2023.4

一日长于百年
——《万川归》创作谈

2021年10月，我动手开写《万川归》。为了给自己一个压力，我在朋友圈贴出了电脑上的第一页。当时，这一页上还有两个书名："云起时"和"天际流"。写了十多万字，"踏歌行"又跳出来要求当题目。如此一来，"万川归"这三个字反而强力覆盖了它们。此后差不多是一气呵成，到2022年春天，初稿出来了，然后是漫长且不断反复地修改。交出发表稿时，已经是2022年秋天了。

老实说，如果不是疫情，我不可能写得如此专注。禁足在家的日子，朝前看是没有意义的，追忆和冥想自然成为主要的思维方向。

我已经写过四部长篇小说。题目还没确定就开始写，这不是我的习惯。事实上，构思花了我好几年的时间，我画出了时间轴，标出了重要事件，写出了人物小传，想到什么就记下来，乱糟糟的有几万字,几十页。其实,在明白这一次的写作必须坚持"往里走,往内心走"的时候,一切都明确了,结构也确定了。之所以还有游移,是因为写到少年万风和在长江流域的里运河游泳时,我才分外清晰地看见了另两个人物丁恩川和归霞,他们一个来自黄河流域,另一个来自淮河流域。我眼前一亮,把"万川归"以外的所有题目都删去了。

《万川归》是流水之势。器官捐献者李弘毅的多个脏器最后的聚拢、汇合,也是一次归程。

总的来说写得很顺。我明白自己想要的是一部什么书。在构思完成后,我已大致看见了它的样子。它应该是一本时间之书,心灵之歌,是几个人物在漫长时间里的吟唱。

首先的难题是时间。我希望这本书有较大的时间跨度,大致从20世纪的80年代到2019年,约40年;我还给自己规定了书的大概厚度:30万字。要在有限的字数里流淌40年的时光,结构是第一位的,没有结构就谈不上概括力。概括力的另一个要素是样本的选取,具体说就是写哪几个人物。

当然有省心省力的办法:时间从前往后流;人物之间采用亲缘或朋友或工作的联系。这也可以是波澜壮阔的,但我不想这么做。《万川归》是我的第五部长篇小说,如果穿新鞋走老路,哪怕那条老路是别人走熟了而我尚未走过的路,我又何必往前走呢?

所谓灵感,常常是生活对你的偷袭,可能来自新奇事物,也可能来源于记忆。20世纪90年代,我曾在国外通过电视,目睹了几家医院同时进行的几台器官移植手术,器官来自同一个年轻人。我脑子里亮了一下,像电焊的弧光,火花熄灭后,结构就此稳固了;同时,人物样本的选取也水到渠成:几个主要人物并无世俗生活的关系,他们是散落于人海里的几个人,一种由科学或老天确定的标准把他们连接在一起。我喜欢这种惘惘的联系,不是血脉又似血脉,这让我觉得神秘有趣。

即便确定了结构,时间问题依然没有全部解决。我选取了2006年这个时间点,由这个时间点往前回溯,向后流淌。2006年前的记忆有如陈年的布匹,掀起时烟尘飞舞,我采取了"折叠法",只有这样,布匹才能在展示后还能装回箱子里。幸亏万风和得了病,从失忆症中挣出的人有理由不断追忆,身边还有个往日的恋人陪着他。量子力学的基本观点是,观察导致坍缩,被观察者才得以确定。尘封的记忆原本飘忽漫漶,万风和和李璟然投去回顾的目光,往昔才得以存在。

写了三十多年,自己喜欢什么,擅长什么,基本已经确定了,无论这种喜欢和擅长是否高级,事实上已积重难返,说是坚不可摧也可以。我只想也只能发出自己的声音。就像我一直坚持的,不装神弄鬼、不挤眉弄眼、不苦大仇深、不声嘶力竭。在自己的音域范围内,唱自己喜欢的歌,不去考虑它是民族唱法,还是美声唱法,抑或是通俗唱法。

第一章我写了很长时间。这是定音部分,它决定了整部书的腔调。此后,我放开了手脚,任语言和情节自然流淌;以水流之势奔突向前,既符合人情也符合物理。情节当然是大致设计好了的,但人物自有个性,他们会发脾气,闹别扭,出乎预料的情节常常很执拗,我只能顺从他们。

小说发表后，有朋友说这部书给20世纪60年代出生的一代人立传，这不在我的计划之内。我动念写这本书，只想到了我自己，我看到的、听到的、想到的，当然也包括我经历的。喜怒哀乐，悲欢离合，是人类的普遍情感，几千年来并无多大分别。但《万川归》中的这四十年却也有特殊意义，不仅因为它是我们民族历史上一个不可或缺的环节，更因为我们恰巧生活于这个四十年，我们写，我们反刍，是题中应有之义。

　　这本书不是自传。我经历简单，情感也没有那么复杂丰富。如果说这种自我辩白苍白无力，那我可以直接指出一点：我不是文科生，更不是读外语的，我读的是水利专业。

　　书中的人物是我自己选定的，有志得意满的，有焦虑愁苦的，有一往无前的，也有身处底层而惠泽他人的。我选定了角色，为他们简单地化了妆，他们套上戏服迫不及待地登了台。我还想叮嘱一点什么，但他们已按照自己的本性，演将起来，他们要脱离台词和剧本，也只能由他们去。其实这个过程有点类似于孙悟空在脑后拔了毫毛，手一挥，它们会身外分身，变化百端，可无论这几根毫毛是变成了金刚钻、竹片还是棉绳，它们其实也还是猴子脑后的毛。

　　没有动笔前，我就打定了主意：这本书只为一部分人而写，坦诚地暴露心跳的频率，期待同龄人的共鸣。我理想中的这本书是一封信，一封三十万字的长信，写给我的同龄人。这封信没有明确的投递地址，我希望在茫茫人海中，在某些散落的点，能闪亮起共鸣呼应的火焰。如果其他年龄段的人对这封信也有兴趣，那是我意外的欣喜。

现代物理学认为，时间是不存在的虚幻，我们之所以感觉到光阴如梭，是因为变化。变化是绝对的。时代在变化，人在成长，在衰老，因为感觉到变化，我们才知道了时间。这四十年在历史长河中虽只是短短一瞬，但时间的刻印却分外明确，因为现代科技呈加速度的狂飙突进，时间似乎变得更快，更密集了，这可算是这个时代的特征，科技产品的更迭帮我捋清了时间线。我明白，在小说里探讨科学是不必的，讨论哲学更是分外之事，简直自不量力。在看过大量的中外小说后，我提醒自己，哲理应该在小说的头尾之外。但既然小说应该写出真性情，那我就不抗拒在小说中涉及科学。科学是人创造的，服务于人的，人情和人性常常在此处交集。这不算哲理。

在写作和修改这本书的两年里，我一直只读几本书，反复地读。我喜欢它们的语调和节律，还有它们熠熠生辉的文学性。我用它们排斥干扰。我慢慢写，不着急说故事，也不急于塑造人物。人物无论是深情专注的，还是薄情冷漠的，都需要情节和细节来支撑，急不得，所谓"形象"，是随着笔墨慢慢形成的。这几本书浸泡着我，它们对我可能过于迅捷的动作形成阻抗，也让我的思维适当顺滑。浸泡着的人是我，我一点也不担心自己会缩手缩脚，畏葸不前。既然《万川归》里的人物我都不能完全控制，我管不住，那它的节奏、走势和关节，自会带着它天然的特性。

2023.6

我与《雨花》

2017年春节后,时任江苏作协党组书记韩松林找我谈话,有意让我出任《雨花》主编。当时我是犹豫的。我2013年才从河海大学调入省作协,专业创作,其初衷就是希望一心一意写作,如果编刊物,无疑要分心。但从四月开始,我还是到《雨花》上班了。

《雨花》是老牌刊物,1957年创刊,我上班后的第一个重大活动,就是"《雨花》创刊60周年纪念座谈会",筹备这个活动时,我借此梳理了《雨花》的历程,老实说,心里有点沉甸甸的,60年一路走来,风风雨雨,接力棒交到我手上,我有压力。与会的有大约200人,许多《雨花》的老人也来了,老编辑、老读者、老作者,他们白发苍苍,说起往事时十分动情,我被触动了。我应该为《雨花》增添光彩,至少不能在我手上衰落下去。

我也曾是《雨花》的作者。20世纪80年代,我就在《雨花》发表过短篇小说,我第一个被《小说选刊》转载的中篇小说

《游刃》，就是《雨花》首发的，这是一种缘分。我很希望能有个"开门红"。我精心组织了一篇稿件，写的是一个华裔教授，她给一个因为抄袭被退学的留学生写了一封信，有批评，有劝导。作者本人是一个资深哲学教授，为人端严、诚挚，这个学生还是她亲手录取的。我选择在第七期发表，这是因为七月正是留学季，许多家庭正送孩子负笈远行；考虑到文章可能的影响，我与作者商议，这封信作为小说发表，作者署笔名，文中的学校、人物均用化名。我似乎考虑得很全面，预料到文章会有影响，但没有想到，影响力居然那么大。文章刊出后，许多网站立即转载，有的还掐头去尾，换了耸人听闻的题目。《雨花》公众号的点击率节节攀升，即便我立即要求撤下了文章，显然还是创造了雨花公众号的一个空前也可能绝后的记录。许多大学教授告诉我，他们都在弟子群里转发了，他们希望学生们引以为戒，扎实学习。与此同时，指责和批评也出现了，有个当年的同窗当面质问我：我们的留学生都这样吗？还说：你们叫《雨花》，难道雨花英烈的后代就是这样的吗？我没有回答他，在心里说，这哪儿跟哪儿啊。抄袭难道是对的吗？我们每个学校的学籍管理制度，不都写着禁止抄袭和作弊吗？钱学森先生留学海外，他不学到真本领，能报效祖国吗？那段时间，很多电话打到了编辑部，国内的，海外的。我一概不接，"人不在"。我不便说话，但心理压力巨大。我似乎是犯错了，闯祸了。这个时候，韩松林书记对我说：我不觉得这篇文章有问题。我放了一点心。直到《人民日报》的网站也转载了这篇文章，这才算一锤定音，尘埃落定，我心里的石头落了地。

60周年纪念座谈会和这篇文章的风波，对我是一种"入职教育"。定下心来，我知道我的责任，还是要把刊物办好。

调入作协前，我在大学出版社工作多年，有出版经验。我首先着手搜集过刊，梳理历史脉络，在办公室显著位置陈列；建立稿件档案管理制度；明确了交叉审读和校对制度；为了切实提高出版质量，我又增加了"发行前审读"程序，由副主编和我再审一遍。出版行业有句老话"书卖一张皮"，这当然不全面，但明确指出了装帧和印制的重要性。我们从刊名书法、封面、用纸、内文版式和颜色搭配等方面，对刊物进行了总体设计，《雨花》的装帧有了变化，编校质量也有了提升。此后，抽查结果都在"良好"以上，获得了上级管理部门的充分肯定。

"内容为王。"办刊物，内在质量还是第一位的。刊物就像一座建筑，需要结构，顶梁柱，高质量的栏目设置就是结构，其中，《名家专栏》可算是顶梁柱。丁帆、于坚、南帆、王尧、刘琼、阎晶明、李修文、邱华栋、潘向黎、郜元宝诸位的专栏文章，次第登场，他们娓娓而叙，翰墨飘香，这个专栏很快便赢得了好评，成为各大出版社竞相邀约的书稿。"2022花地文学榜年度散文榜"的十部散文作品中，就有王尧《时代与肖像》、刘琼《花间词外》、南帆《村庄笔记》入列。《名家专栏》为《雨花》赢得了口碑。

江苏作协对《雨花》有一个特别的要求：培养青年作家，为打造"文学苏军新力量"出力。我深知，刊物与作家、读者，是一种共生关系，有时候，作家与刊物可以互相成就。青年作者正在起步阶段，特别需要扶助，《雨花》可以是他们奔向更大舞台的起跑器。我们设置了两个栏目：《雨催花发》和《绽放》。前者针对文学新人，在他们启动时，《雨花》修改、发表作品，并配评论，给予助力；后者主要面向已有相当创作实绩、有待扩大影响的青年作家，《雨花》除了发表一组作品，配评论，还列出创作年表，以方便研究者检索。这两个栏目推出了许多青年作家，有的已在文坛崭露头角。《雨花》又择其优者，举办了他们各自的首场创作研讨会。

《雨花》是江苏的文学刊物，可决不能办成"省内刊"，不重视在全国文学期刊界的定位，我们就不可能做到第七、第八届鲁迅文学奖，《雨花》都有短篇小说入围前十。但培养新人，确实又是文学永续发展的关键。《雨花》开办了"雨花写作营"。我接任时，已经办了一届，这些年，《雨花》坚持了下来，并力图创新。迄今为止，写作营已连续举办了七届，组织了17场改稿会，我们邀请各大文学期刊的主编和资深编辑为学员改稿，面对面交流，有182人次参加了改稿和培训。江苏省委宣传部主办的文艺"名师带徒"工作，其中的徒弟，有约一半都曾是雨花写作营的学员。我们对江苏文学新人的分布格局和发展态势，做到了心中有数。

都知道我也是个作者。有赖于整个团队的努力给力，各司其职，冗杂的编务还不是太大的问题。对我的写作有磨损的，其实是大量的审稿和改稿。改稿有时比写稿还要费脑子。即便来稿闪烁着才华，达到了发表水平，也还是有个水平高低。为了保持自己的文字面貌，不被大量的审读带偏节奏，我只能通过对名著和古籍的反复阅读来校正航向。这看来还是有效的，否则，我不可能在2022年写出我的第五部长篇《万川归》。

2023.10

后　记

2019年，我着手编选自己的文集，这才发现，除了小说，我其他的文字不多，要编出一本散文随笔集不太容易，于是作罢了。这次搜罗了近三十年来的零散篇什，攒成这本书，确实费了点事。

编这本书，我要做到"不悔少作"。最早的文章是20世纪90年代写的，年轻人，火力足，考虑不周全，有些观点我现在想盖上"思想不成熟"的考语。之所以收进来，与我不会把相册里自己光屁股吃手指的照片抽掉同理。人总是慢慢成长的。

我一直认为，写散文写随笔，除了文字要好，还必须有观点、有情感。这些文章，卑之无甚高论，却也都是我当时的真实想法。我提醒自己：不揣浅陋。如果我现在重写一本，当然要好一点，至少某些文章中的缠夹之处一定会少些。但是，何必呢？

这本书分两个部分，"纸边走笔"和"文学闲话"。"纸边走笔"并未完全按照写作时序编排，有点信马由缰的意思；"文学闲话"按写作时间编列,如此,倒能呈现出我对文学的思维轨迹。

集子叫《纸边闲话》,这表明我最喜欢的还是写小说,它满足了我几乎所有的表达欲望。1984年,我发表了我的第一篇文章《水杉林畅想曲》,我没有收进来,原因是:它是一篇作文。作文不算文学创作。

2023.11